重修——舊好

廖智賢

獻給我的父親
廖仁洲（一九五一年至二〇一二年）
感謝你，教我理解重修舊好

推薦語

綽號「壹捌捌」的智賢其實身高絕對超過一米九，我問他為什麼縮講了幾公分？他說這樣聽起來可愛些。確實，有一回和包括他在內的幾位美術館同事出遊溪頭，中途休息，這位大高個兒才下車，就把一位迎面而來的小男孩嚇得倒抽一口氣踉蹌後退了好幾步。我想他應該就是傳說中天塌下來要負責頂著的其中一位吧。

外型高大的智賢卻有著極其細膩、敏感又溫暖的內在本質，當然，若非這樣的特質，也萬萬書寫不出念舊多情的《重修舊好》，走讀於他的字裡行間，會不由自主順勢倒帶，回溯起自身生命中的「阿壯」們，那些被悉心珍藏或刻意掩埋的人與事，是的，成長的路沒有一條是容易的，但回過頭看，每個安排都隱藏著不足為外人道的生命密碼。

《重修舊好》是一本男主角從童年走到現在的生命故事，書裡寫道「如同在電腦上刪除物件，取代檔案要比移至資源回收桶，來得徹底，更是一勞永逸。」但事實經常是：逃避與遮掩，永遠都無法讓傷口真正的癒合。也許我們應該開始練習和生命中不堪的過往重修舊好，這是一本自我救贖的書，真心推薦。

馬幼娟（IMA文創辦公室執行長）

這是一本既輕快俏皮，又掩不住淡淡哀傷的作品，智賢不僅用文字在我們的面前展開了一幅竹塹的地理空間，也引領我們走入了悠悠的時光隧道，回到台灣的從前，而跟隨著故事中的人物在眷村、補習班和城市的大街小巷中，穿梭和漫遊。

《重修舊好》書名下得尤其是好，人到中年，亦發感到青春歲月在體內銘刻下深深的印記，而每個人都必須要學會如何與從前的自己和解，所以這是一部青春之書，也是和解之書，讓人讀來不禁深深地回想起過往那段雖然懵懂天真，卻又浪漫多情的歲月。

郝譽翔（作家）

這是一部有血有淚、友情、愛情、親情環繞的故事；縱使故事是以竹塹為登場地，發生在主角阿樂輕狂的回憶，勿寧說，這部小說寫出那個時代，大家某些相切、共同生活喜怒哀樂的故事。

鑰匙開啟家的大門，也承載著家的圓滿，曲終未必盡美，但留存的善念，又轉承一個開始；「唯有自己學習如何站穩，才能扶住旁人，回到岸上，眺望更遠的風景，做出更好的選擇。」

命運中相互碰撞的生命，誰未必是強者，必須先站穩，才能重新開始。所有創作都一樣，心的質素夠美，作品必然溫厚宏大，而剩下的，必然是永遠的課題。

簡永彬（攝影文化工作者）

與智賢認識始於二〇一〇年，當時智賢參加行政院青輔會舉辦的「青年壯遊台灣：尋找感動地圖實踐計畫」，猶記得他所提的壯遊主題是「搭乘客運環島，深度走訪台灣鄉鎮市區」，經由計畫互動，發現這位外號「壹捌捌」的熱血文青（身高一八八公分）擁有很棒的文字表達力及細膩洞察力。

這次智賢要出書了，是他的嶄新作品！中篇小說《重修舊好》由六篇感動的故事串起，不論是友情、親情、愛情都散發出「人不輕狂枉少年」之情懷，因為理解新世代青年的青春及夢想，在地日常生活的溫度及活力，在不同時空及人生階段，人的交集及對話讓生命更為深刻，也是這篇小說所以引人入勝之處。

我猜想，這本小說不只是智賢生命經驗的創作及呈現，在某種角度也是喜愛壯遊所累積能量的延伸。付梓之際，給予無限的祝福及恭賀！

王育群（青年發展署副署長）

看著《重修舊好》，我似乎回到上個世紀末。回想起當時的音樂、流行以及中學生上課、補習的場景，很驚訝智賢文字裡的細節，讓那個青春年代由點滴而具體。

故事場景在新竹，智賢的故鄉，在他筆下的新竹有著在地的眼光。但整本書讀下來，這樣的青春文學，卻有著淡淡憂傷的味道，這是智賢獨有的人格特質，加在故事中的調味。除此之外，故事主角從小到大的時間軸，可以讀出一種成長苦澀，輕描淡寫的男孩子語調，卻可以感受時光在心底刻下的痕跡。是不可多得的本土文學作品。

唐宏安（旅遊作家）

生命都曾年少輕狂，八十後的智賢，在竹塹二十四年人生歷練，用筆刻畫出青春歲月的故事，人高馬大的他，有一顆細膩、溫暖、善良的心，才能描寫出小說主角阿樂經歷的愛恨情仇、生死離別；然而，面對親情、友情、愛情及忘年之交的冷暖複雜，故事中的主角沒有退縮，而是與過去「重修舊好」，邁向陽光。

阿樂喜歡攝影就如現實中的智賢，小說中描述他對攝影本質的想法也用影像紀錄生命故事；他文字絲絲入扣、引人入勝，讓人感受年輕世代現實中的遭遇，跟著小說，穿越時空回到那美好時光，體驗不同的人生際遇，也不禁讓人回首逝去的青春歲月。

楊永智（報導攝影工作者）

也許我們至今都隨身攜著這樣的青春：碎裂、模糊、過曝，卻不知該拿它如何是好。佩服作者回頭的勇氣、回家的勇氣，佩服他將成長的膠卷底片抽出，一格格直視、整理，再溫柔安放的選擇——噢不，也許是我想太多了？畢竟它是一本小說，不是散文啊。

不過，得相當小心地去閱讀這本小說，它會使你變得不設防、一腳踢你回到幼時的敏弱狀態，啟動舊有那顆從未世故過的心靈。

原來還能夠想起某個暖風吹拂的午後、童年玩伴自遠方傳來的笑聲、出汗的手心搭在你肩上的力道……原來無論走了多遠，我們都還有掏出口袋那把生鏽鑰匙，緩緩步行回家的可能。

葉珊（二魚文化發行人）

推薦序

模糊的青春現場，阿壯是陪你摸索的那個人

關於青春，我知道它悄悄的來了，然後無聲的走了。

或許是自己沉溺在紀錄片《紅盒子》的狀況過久，這十餘年的拍攝、觀察，總是迴旋在親情及情緒的糾葛中；於是，讀起智賢的《重修舊好》時，除了驚喜他充滿畫面的文字之外，我更多的是在裡面尋覓自己生命經歷中的「阿壯」。

他是摯友，在那個模糊且拼湊中的青春現場，阿壯是曾經陪你一起摸索與探奇的那個人。

他是誰？我想了很久，腦中浮現一些不清楚的樣貌，是小學三年級時，聽聞那個鬧鬼的山丘，然後跟我一起躡手躡腳去探索，卻在看到一塊白布驚呼尖叫跑下山的李明達。是國三那年初春，「把馬子」做為一句成年禮儀式，然後喊得震天作響的慘白青春時，與隔壁十九班男生爭風吃醋紛擾中，為了挺我帶扁鑽來學校示威，結果被訓導主任打腳底板的風紀股長。是高三畢業典禮結束，被女友無預警甩了之後，三年沒跟我說過幾句話，卻陪我喝了人生中第一瓶米酒的12號同學。

又再讀了一次智賢的《重修舊好》，我完全明白自己的阿壯並不是那一個人，他是我心中多麼想成為的那個人；不是那個雖然功課不理想，卻努力在整潔、秩序、畫畫上讓老師注意及喜歡的那個我，是那個我多麼稱羨卻明白自己成為不了的那個人，他叫做阿壯。

楊力州（紀錄片導演）

導演《奇蹟的夏天》（第43屆金馬獎最佳紀錄片）、《征服北極》、《被遺忘的時光》、《青春啦啦隊》、《拔一條河》、《我們的那時此刻》、《紅盒子》等作品。

推薦序

我們都曾經用傷痕覆蓋傷痕

闔上智賢為我打印出來的文稿，坐在香港中區鼎沸人聲逐漸消退的酒吧一角，不禁想起好友最近火紅的廣告影片內的詞句，「我們都曾經用傷痕覆蓋傷痕。」

明日太陽升起，我們又可寫下什麼新的故事？

是的，不論環境如何，外在有什麼動力的牽引，有什麼人性的脆弱與黑暗，我可能還是無可救藥的天真，深信無論如何，我們每個人都還是可以譜出動人的人生故事；然而，故事要動人，就要有高潮、有低潮、有撕裂、有療癒、有悲歡、有離合、有心碎、有甜蜜、有傷痕，也有覆蓋傷痕的傷痕。

智賢細膩的筆觸，如實娓娓道來，引領我進入塵封已久的回憶，嘗試遺忘的苦痛、正視傷痕的不堪、暖心摯友的陪伴、被背叛的切割、青澀的初戀、理不清理還亂的愛的深刻，甚至是生命中悄悄滑過，看似無關的跑龍套，卻也烙下無法遺忘的印記。

或許你的故事更加轟轟烈烈，或許你的故事更扣人心弦，但是智賢不慍不火的抽絲剝繭，能讓你靜下來，靜下來把距離拉開，用不同的焦點來重審這些故事的細節。就像小說中男主角用他手中的相機，靜靜地屏氣凝神按下快門，不斷地按快門，將這些如實的瞬間串聯起來。或許你自己都會開始驚訝自己的故事好像有了不同的版本；最重要的是，經過歲月洗禮的你，開始可以用不同的角度去詮釋過去只有一個版本的故事。

從事個人領導力擴展已近二十五年，我的熱情與承諾是支持每個人能「閃耀獨一無二的自己，實現夢想、利他共贏！」似乎與智賢的創作呼應，要活出「閃耀獨一無二的自己」，就要能夠有勇氣去檢視自己、覺察自己、突破自己、活出自己所選擇的樣子和生命，也要能接受擁抱自己的一切好好愛自己，唯有與自己「重修舊好」，才有可能與自己生命中的人事物「重修舊好」。

謝謝小說之中人物的勇氣和坦然，透過理解他們的生命與故事，我想每個人都可以從他的創作看見自己，或許這是一個機會，一個讓你安靜下來與自己「重修舊好」。

現在，就讓智賢為你揭開這個屬於他，也屬於你的序幕吧！

劉瑄庭 Emily Liu（渥盛集團 Awesome Group創辦人及董事）

著有《要贏，沒有秘密》、《幸福領導力》、《Singing In The Rain 活出大師的生命熱情與態度》、《閃耀獨一無二的你》、《真誠表達，說出感染力》等書。

目次

口袋

一

口袋沒有幾塊錢，我取出個銅板攤在手心，陽光照射熱熱燙燙，只是還差一枚才可以買碗麵吃。決定不回家了，我盤算著探險的計畫。

拉了拉溼透的襯衫，我發現背部流了好多汗。盡量靠著陰影邊走，除了防止中暑，也模擬昨晚閱讀的偵探小說福爾摩斯辦案。尾隨我的那隻貓輕盈地跳在柏油路上，不過右前腳好像受了傷。

我再拉了拉溼透的襯衫，讓風灌進來多一絲涼爽。指甲好髒，我的手不該抹著牆，都怪自己望著像是飛碟船的油庫出神，肚子好餓，是不是該回家喝碗仙草還是綠豆湯。

再探了探身上所有口袋，還是只有十五塊沒有增長。

走到眷村旁的中正台，看著老兵下棋、泡茶、談天好自在，那位整頭光的老伯揮揮手要我過來，滿嘴鬚的大叔拉張木色的圓凳讓我坐著端正。整頭光的開始舞旗指揮馬五進四，滿嘴鬚調兵遣將車二退三，楚河漢界上還有打翻茶杯的汗漬留下，我的肩膀被滿嘴鬚摟得緊緊，溼透乾不了的襯衫，好像沾染上戰爭後無奈的風霜。

瓜子盤上空蒼蠅打轉，我想抓一把卻想到自己指甲很髒。滿嘴鬚大喊「將軍」，整頭光被殺敗落荒而逃懊惱到竟然想抓起頭髮來。

我跟著笑呵呵，倒退地離開，目送這個紙上戰場。貓兒蜷著窩在棋桌下，陪伴老兵三五成群坐落公園四方。啊，我忘了跟滿嘴鬚要點賞。

沒有幾塊錢在口袋，陽光照射頭髮摸起來熱熱燙燙，小巷外面是菜市場，蔥油餅跟水煎包的攤位已經開始準備，杵麵團的豪爽好像打太極借力使力，我站在旁邊蹲著馬步依樣畫葫蘆跟著模仿。

餅皮下鍋油濺起，我退了個凌波微步閃得漂亮。

再拉了拉溼透的襯衫，盯著皮包骨的身材，哪一日練到媲美十八銅人我也要上半身脫個精光。

「怎麼沒在學校。」電捲燙大嬸摸著我的頭說道。

「今大段考，師父說我可以下山了。」我揉著乳白色嵌著點點綠蔥的麵團驕傲地回答，下巴與脖子構成的注音符號ㄑ的模樣，意氣風發。

「拿去吃吧。」一份蔥油餅加顆蛋對半再切半又對半，電燙捲大嬸拿了油紙袋裝進了小塊熱騰騰。

其實我還想拿個塑膠袋裝些鐵筒裡的飲料，可是看她累得滿頭汗應該不是裝忙，悻悻然的我只能見好就收，總不能拿已經吃兩口的蔥油餅換冰豆漿。

十五塊不但沒少，更開心肚子有一點飽。

油膩膩紙袋沾手，我順勢一拋，看它在風中呼嘯。幹得好，自由的感覺簡單來說就是轉呀轉、看再看、玩又玩，然後不知道到哪裡去好。

我想到還有阿壯。

獨樂樂不如眾樂樂，門鈴是鳥鳴聲嗡嗡作響，阿壯阿壯快來陪我一起曬太陽。

二

阿壯長得圓滾滾，手指跟黃色的甜不辣很像，眼睛因為臉部的肥肉過多所以擠成一條細線，笑起來跟我們家客廳那尊彌勒佛簡直一模一樣。聽阿壯的父親透露，小時候阿壯的頭可能常被蚊子叮到很癢，真的什麼都撞喔，枕頭、書本、馬桶、浴缸甚至磚牆都定時按三餐還有宵夜撞，來者不拒，撞久了孱弱的身子反而像吞了十全大補丸變健壯。

啊撞呀撞！啊撞呀撞！撞得家喻戶曉身體硬朗，阿壯的父親看見孩子撞得開開心心，所以小名取其同音異字，壯。

門開了，吵死人的機器鳥鳴聲才跟著停止。

「不要按門鈴了啦，你把我妹吵醒，我媽媽很生氣！」阿壯穿著白色汗衫，明明只是從客廳走出庭院他就已經滿身大汗。

「我們出去玩。」我說。

「我也有這打算，而且剛剛我跟媽媽吵架，現在不想待在家。」阿壯答應爽快。

「考試成績不好喔！」我隨口問問。實在太熱，拉了拉溼透的襯衫也沒用，只好再把袖子拉到肩膀旁。

「沒有，是我媽說你這個小鬼頭只會帶壞朋友，要我別跟你出去玩。」他的理由非常夠義氣。

「講那麼重的話，太嚴肅了吧！」我嚇一跳，連左邊的袖子還沒拉好就先回過神來。

「對呀，我也覺得她講話不經大腦很過分，所以要她道歉。」阿壯講起話來理直氣壯，感覺得到剛剛鳥鳴門鈴聲引起的爭執大概不會輸給核爆。

「獨樂樂不如眾樂樂，還是你夠義氣。走吧，我們去辦案！」我拍了拍阿壯，雖然沾染整手汗水黏膩，不過福爾摩斯總算找到助手華生。「反正都跟媽媽吵架，你再去冷凍庫拿兩支巧克力雪糕。」

「好像只剩蘇打冰棒了啦，你等我一下喔！」他思考了一下說。

摸了摸口袋我確定十五塊錢還在，伸了個懶腰，看到阿壯的母親牽著阿壯的妹妹隔著紗門瞪著我，明明我是在外頭曬著大太陽，卻不自覺打了個冷顫。

阿壯才走幾步就抱怨快被烤成黑炭，我啃著冰棒沒注意到他的精神渙散，似乎再不休息他就會掛點曬成豬肉乾也說不定。

「阿壯，我們來比賽。看誰做的竹蜻蜓可以飛最遠。贏的人可以吃口笛糖。」重賞之下、必有勇夫，我拿出褲子右邊口袋的粉紅色口笛糖，拿來激勵阿壯的鬥志也好。

「做竹蜻蜓，那你身上有竹筷喔。」阿壯擦了額頭的汗珠說。

「沒有耶，我們去老王牛肉麵店拿幾雙。」我把掛在右肩的書包卸下，轉過身對阿壯說。「幫忙背一會兒書包，放學之後我都沒有回家。」

「重死了，裡面都裝什麼呀！」老實的阿壯義無反顧，臉色沒有絲毫不悅地從我手上把書包接過去。

「明明今天就是考試，只有你最大膽不帶參考書。你不要學我用手拿，用背的比較不會累。」

「真的耶！這樣手也不會痠。」阿壯胖歸胖，動作倒是很迅速，一個扭腰就把書包牢牢掛在自己背脊上。

「當然啦！所以我才要你用背的，夠朋友吧！」等等阿壯應該就知道塑膠皮的書包沾黏到汗涔涔的背有多不舒服。我拉了拉溼透的襯衫，想到阿壯汗流浹背的模樣實在有點不忍心。「數到十開始跑，慢到老王牛肉麵店的是烏龜王八蛋！」

厚重的書包在背上彈跳碰碰響，我奔跑中伸手摸摸口袋，零錢一二三四五六，六枚都還在。

三

前往老王牛肉麵店的路上只有一條小徑，巷弄旁的紅磚牆上青苔稀稀疏疏，我跟阿壯飛也似地奔跑競賽。

阿壯倒也不笨，看到前方地上有狗大便的時候還會推我一把。乾的狗屎踏到還好，又濕又熱的如果不小心失足踩下，我想也沒有臉在這眷村繼續打滾流浪，就像跳方格的遊戲一樣，步步驚魂躲過地雷，我領先阿壯兩大步的距離率先抵達麵店門口。

老王牛肉麵的灰色鐵捲門已經拉開，招待客人的工業用電風扇在櫃台旁直挺挺吹著，實在太熱了，我趕快把它調整到了強風。

「沒地方玩耍了喔，怎麼跑到我這裡來！」麵店老闆從廚房走出來，水氣蒸騰的白煙從他身後漫溢，真像從仙境出世的太上老君，而且眉毛像是被修正帶塗抹過同樣潔白。

「王伯伯好！」我跟阿壯極有默契地同聲叫道，雙手更是緊貼褲縫立正站穩，表現出我們對曾經不惜拋頭顱灑熱血的反共抗日鬥士無比崇敬。

「無事不登三寶殿！你們兩個小鬼頭午餐吃了沒！」王伯伯外表慈祥，聲音卻是爽朗。

「飽了！」阿壯搶先回話，還滿意地用左手上下撫摸自己凸出的肚子。

「我們來跟王伯伯拿免洗筷做竹蜻蜓。」我指著身邊餐桌上易開罐做成的鋁筒說。

「那你們請便，我還有湯汁要熬，先進去啦！」王伯伯的手掌上皺紋阡陌縱橫，然後一邊說話一邊用手蓋住阿壯與我的頭搖晃著。

我跟阿壯開心地打開一包又一包免洗筷。阿壯的力氣很大，握緊竹筷的兩端使勁彎曲，想試圖把老師說過團結力量大的勵志故事打破。

啪的一聲！一大把筷子被阿壯活生生腰折。

我不停地鼓掌，像是看到電視裡轉播美國魔術師大衛考柏菲先生表演水中掙脫術成功時驚喜若狂，我鼓勵拍得手都紅了，跟阿壯痛麻的雙手一樣。

我覺得要把雙手拍得跟阿壯一樣紅腫才是講義氣的好兄弟。拍著拍著讓阿壯得意地笑了，笑著笑著嘴角上揚的肉向上擠壓，已經夠小的眼睛幾乎瞇成半截細長筆芯。

看到阿壯可愛的模樣，我也跟著笑呵呵，想到王伯伯整筒的筷子支離破碎又笑得更大聲。

笑聲被風扇吹拂擴散得像幾十個人音量，強風把散落地面的筷子吹得滾來滾去。我們都忘記製作竹蜻蜓這回事。

我拿出褲子右邊口袋的粉紅色口笛糖放入口中，舌頭翻動再用唇順著糖果的圓弧輕壓，呼呼地吹出了聲響。

四

頭頂還是很燙，喉嚨還是很乾。放學後等待太陽下山的時光總是那麼漫長。

我跟阿壯靠著眷村斑駁老牆走著，不停推擠著對方，陰影只有約略五十公分的寬度，誰都想涼快一點，盡量遠離太陽。

從下課後就開始跟蹤我的那隻花貓消失後又出現，而且正大光明地走在前方，我跟阿壯遊戲的路線好像都被摸透，感覺起來像是帶領我們進入童話世界。可能牠是長耳兔的化身，我是愛麗絲。我走在後頭偷偷竊笑，那身材過胖的阿壯，應該掉不進樹洞裡。

走了好久也沒有任何奇異鬼怪的事情，發覺應該是自己被曬得頭昏腦脹導致胡思亂想。我靈機一動往前奔跑，想嚇唬行蹤可疑的貓，沒想到卻是阿壯驚魂未定地大叫起來，肥胖的身體竟然像是失溫還顫抖起來，真是膽小。

貓兒回頭睥睨我們一眼，接著牠從容助跑了幾步，先跳到垃圾堆的廢棄沙發上，再躍磚牆，又消失在炙熱的午後。看來愛麗絲今日無緣夢境一遊。

「你白痴喔，嚇死我了啦！」阿壯雙手撐在膝蓋彎著腰說。

「我是逗貓，誰曉得你那麼膽小。」

「屁股啦，我老爸說我很勇敢，小時候天不怕地不怕什麼都敢撞。別的我不敢說，比大膽你就找錯人。來呀，誰膽小誰跑得慢！」阿壯臃腫的身體又活潑起來，還莫名其妙地訂下遊戲規則，雖然我不知道膽小跟跑得慢有什麼關係，但是我的書包在阿壯身上，實在沒有辦法不追上去。

「連腦袋都被撞壞了吧！」這一句我放在心裡沒有說。我拉了拉溼透的襯衫，將右手探入褲子的口袋，粉紅色口笛糖剛剛被我吃掉，再仔細確定還有個東西冰冰涼涼在口袋深處。「誰怕誰，跑得慢的是膽小鬼！」

阿壯在前，我在後，繼續無止境地追逐。我們明明討厭太陽卻又像追日的夸父不甘心敗下陣，似乎太陽落山前先回家休息是很丟臉的事情。繞過同個垃圾堆兩遍，又經過賣蔥油餅的電捲燙大嬸一遍，再跑過老王牛肉麵店時，散落在地上那些被阿壯折壞的免洗筷都已經被清掃乾淨。

跑到頭暈目眩口乾舌燥，都怪阿壯想出來的爛遊戲。騎虎難下，我們會不會跑到像吳剛伐木一樣沒辦法結束。

好在阿壯停了下來。阿壯倒在貓兒跳過的廢棄沙發，這也是我們繞過這個垃圾堆第三次，遊戲總算告個段落。就像竹蜻蜓沒做成一樣，忽然間，我們也忘記起跑的原因與比賽的賭注。

「累死了，嘴巴好渴，我們去買飲料喝。」阿壯把書包放在沙發的另一個空位說。

「去陳記雜貨店，那裡的冬瓜茶只要五元。」我馬上回應。

「那裡的榮民伯伯好多都在忙著搬家，附近都堆滿垃圾，髒兮兮的。去清大對面新開的統一超商買思樂冰怎麼樣，而且好像這家商店不會關門喔。」阿壯雖然看起來傻呼呼，不過對於解決口腹之慾以及如何照顧腸胃他可是很有學問。

「怎麼可能不會關門？隨便啦，我有十五塊！夠買小杯的。」

「大杯的比較划算啦，出門前我有偷拿我老爸的零錢，今天我心情好請客。」阿壯拍著胸脯豪氣干雲地說。

「聽說最近有新口味，好像叫紅魔鬼，順便試試看味道如何。」我拉阿壯一把，將他陷在沙發的身體扶起來。

叮咚，便利商店的自動門緩緩打開。這裡的冷氣好像不用錢一樣，阿壯囂張地把衣服都拉起來露出個大肚腩吹著涼風。

我們邊裝思樂冰邊用吸管大口吸吮，兩個人都因為喝太快頭痛然後說不出話來急跳腳。

叮咚，我們終於把杯子裝滿，然後被臭臉的店員請到外頭的摩托車椅墊上暢飲。

「證據絕對不能被我老媽發現。」阿壯把統一發票攤開在手心任風吹走。「聽我老爸說，以後要搬到對面工地蓋好的國宅，不過要先等那邊的工廠關門。」

「李長榮化工廠喔！」我說。

「對呀，我老爸幾乎三天兩頭都往那裡跑，聽說他們這樣抗議還有拍電影的人記錄！」

不過，我的耳朵聽不進阿壯提供關於李長榮化工廠的訊息，只意識到新建國宅在赤土崎旁，也就是建新路的另一邊，這樣我升國中好像就跟阿壯不同校區。滿嘴思樂冰讓我開不了口，除此之外，也不知道當下該說什麼。

五

「沒地方好玩，去你家看電視怎麼樣！」阿壯將喝完的空紙杯捏扁，丟在一輛速克達摩托車前面加裝的菜籃裡看著我說。

「我家不方便啦！」

「總不可能要我跟我媽低頭吧，我打算等到晚餐時間趁她下廚再從後門溜回去。」阿壯的眼光似乎投向遠方，一臉胸有成竹的模樣。「看你從剛剛手就一直在口袋裡掏呀掏，還有糖果就拿出來，都自己吃還算朋友嗎！」

「沒有東西了啦！」我心虛地慢慢把手從口袋沿著褲縫抽出來，然後在屁股後方抓了一把空氣，迅速地在阿壯面前將五指伸展到極限攤開。「什麼都沒有，只有臭屁。」

「你很無聊耶，我才不信，把口袋拉出來檢查」阿壯從摩托車椅墊跳下來。胖歸胖，倒還挺靈活的身手。

「追得到就給你檢查！來呀！」我把紙杯猛力朝阿壯拋去，順手抓了腳邊的書包就跑。

我在前，阿壯在後，繼續無止境地追逐。燒紅的脖頸、刺燙的頭髮、濕黏的汗水，太陽好像也加入遊戲跟著興高采烈，因為奔跑上氣不接下氣，我們紅通通的臉頰，像金魚換氣吐泡般不停鼓動著。

放學後等待太陽下山的時光漫長，好險我有阿壯。

可是阿壯請原諒我有不能坦白的理由，口袋裡的其實不是口香糖或巧克力，只是一把鋸齒狀的鐵片，沒有特別的功能，僅僅可以打開我家的大門而已。

我不想告訴你，其實我是個可憐的鑰匙兒童。我的書包也沒辦法像你一樣玩瘋的時候就隨手往電線竿的角落一拋，父親在裡面的暗袋放了很多很多錢，足夠在麥當勞吃到撐壞肚子，投幣打電動到天黑也沒問題。可是今天都剩千元大鈔，我不敢拿去找開，母親說電視新聞裡被撕票的孩子多無辜，只是被壞人覺得家裡富裕而綁架，社會動盪不安，財不露白是保護自己最好的方式。

儘管聽說被綁匪抓到會吃不飽、穿不暖，但是比較起來，我更害怕獨自待在家的無聊。

同學們唱著放學的降旗歌總是充滿歡樂，卻是我最緊張害怕的時候，我不知道父親和母親每天什麼時候才會回家，又打開門的會不會是歹徒小偷；我總是把電視的卡通轉到最大聲，想像有藍色小精靈或是霹靂貓會陪伴著直到天黑。那個時間是飯後，阿壯你都跟家人在庭院啃著汁多味美的西瓜吧。

而路燈亮起之後，我才有勇氣到陽台上等待熟悉的引擎聲。

我再摸了摸口袋，零錢一二三四五六，六枚都還在，還有鑰匙一枚。

「阿樂，我跑不動了啦！」阿壯又倒在廢棄的沙發上叫著。

「投降了吧，阿壯二連敗！」我緩步走回垃圾堆，把書包卸下丟到阿壯膝蓋上，拉了拉溼透的襯衫。四肢發達頭腦簡單我想不是沒有道理，似乎每次跑到滿頭大汗就會忘記為什麼追逐的目的。

「阿壯你有沒有想過未來要做什麼呀！」

「我爸希望我去上大學。」他說。

「阿壯過去一點啦！」顧不得惡臭，我也累得坐在殘破的沙發上。「大家都說念大學才有出息！」

「不知道耶，可是隔壁的鄰居跟我老爸說我不念軍校以後還能幹麻。」

「聽說念軍校很辛苦。」我說

「可是聽鄰居這麼說，我應該是念軍校的料，赴湯蹈火報效國家，而且我覺得自己考不上大學。」阿壯突然轉過頭，右手向上彎屈四十五度與我敬禮。

我跟著嚴肅地回禮，手掌順勢擋住了刺眼的陽光。

原來畢業之後阿壯不只會到另一個學區的國中就讀，未來，他還要離開我到另一個未知的城市。

六

「阿壯走吧，我們回學校看有沒有人在打躲避球！」我提出新的計畫。其實我很怕被別人問到以後要做什麼，父母親都說念書從商賺大錢就可以住別墅、開跑車，但是我知道一個人住大房子很孤單，獨樂樂不如眾樂樂，我甚至連沒有阿壯陪伴玩耍的日子都無法想像。

口袋裡的零錢與鑰匙似乎越來越重。

三點的太陽好像比正午的還要毒辣，我跟阿壯拉動襯衫透風的手沒有停過。校園的紅色大門是敞開的，警衛室裡沒有警衛。偌大的操場也沒有半個人影，安靜到好像是平日的午睡時間，只有兩隻不怕熱的土狗在剛鋪好的PU跑道上追逐著，胖的那隻跑沒幾步就上氣不接下氣，很像阿壯。

「怎麼都沒有人呀！」我指向操場右邊有護欄的球場。

「反正我也不想玩躲避球，去景觀花園裡面探險怎麼樣。」阿壯靠著警衛室旁的鳳凰木說，抬起了肥滋滋的雙下巴，示意要我跟隨他冒險。

「不會被訓導主任抓到喔，聽說那裡的蟲魚花草都是他的寶貝。」

「被看到就跑呀，打死不承認就沒事，被抓到是兄弟就不要出賣對方，我爸說做人就是要講義氣！」應該拍的是胸膛才帥氣，阿壯拍著他的大肚腩說。

校門的緩坡往教室的方向延伸，左邊有條草皮鋪設的小徑可以繞進去，裡面的花草樹木種類繁雜，聽說還是新竹市國小裡面生態最多樣的景觀花園。

樹蔭濃密，稀罕的光線在池塘的水面閃著青藍色波光，旁邊都是跟籃球一樣大的石塊，平常都是讓老師休息的座位，今天總算讓我跟阿壯征服。

「把鞋子襪子脫掉，我們在池塘裡泡腳如何。」阿壯邊說邊做著金雞獨立的模樣把右腳彎曲抬高，靈活地把黑襪白鞋都順手拋到地上，「你也把書包放下啦，水很涼很舒服喔！」

「你怎麼知道！」為了不讓阿壯的氣勢佔上風，我也趕緊坐在石塊上將襪子、鞋子脫下。

「偶爾週末我爸會帶我來抓魚，他說訓導主任沒有什麼好怕，是他以前部隊長官的兒子。」原來阿壯是狐假虎威，不然我想哪來的熊心豹子膽。「好涼喔！」阿壯不管泥土會沾染到制服就直接躺了下來，兩隻腳就在池塘裡上下拍擊著水。

「哇，真的超舒服的耶！」除了池塘的水冰涼之外，征服訓導主任平日囂張跋扈的氣焰更是痛快，我的腳掌也忍不住，興奮地踏起水來。

拍打起的水花比坐在石塊上的我還高，彈起的水滴濺到臉頰、襯衫、褲子，甚至放在旁邊的書包與鞋子，這一刻突然有股衝動想把口袋裡的鑰匙泡進池塘，生鏽開不了門的鑰匙，我也可以有理由把它丟掉了吧！

忽然阿壯沒了動靜，我轉過身發現他已經閉上眼輕鬆地睡起午覺。

我的腳泡在池塘也不再拍打水面，停歇的雙腳好像老樹的枯根，沉甸甸地墜入池塘然後紮根吸收養份。

有那麼一瞬間我幾乎忘記鑰匙的存在。

七

「阿壯你發神經喔，我全身都滲透了啦！」原來阿壯並沒有乘涼睡午覺，反而等待著我失去警戒心。大意失荊州，典故這樣用應該很貼切。

「哈，水花超大的耶，池塘深嗎，阿樂你有沒有抓到魚呀！」阿壯的臉幾乎笑到扭曲變形，我想多賞他一拳也不會有太大的差別。

不過我的拳頭不像是揮擊，反而像是求救。單靠自己的力量實在很難爬起來。「還踏得到底，不會很深！」我再往池塘中心走了幾步。「阿壯下來呀，你不會只敢看好戲吧！」

「超熱的，我老早就想在這裡泡個冷水澡！」阿壯解扣子飛快，速度幾乎跟直接把衣服撕開一樣！

「衝呀！阿樂！」他大喊著，似乎這個學校只剩我們，猴子稱霸王。

「獨樂樂不如眾樂樂，衝呀，阿壯！」看著他臉龐浮現驕傲的笑容，一步步把距離越拉越遠，可能有十公尺吧，我想。這個時候我腦中產生兩個疑問，阿壯的目的到底是要逃走還是助跑，如果是前者就太不夠朋友，可是如果是後者情況也不見得理想，眼前的生態池塘只是浴缸幾倍大，阿壯這樣奔馳助跑會跳過頭吧！猴子稱霸王之前果然要從耍猴戲起家。

「衝呀，阿壯！」我喊叫著。

「殺！」他選擇了這個語助詞加強的氣勢，不過可能我們追逐一天造成雙腳疲軟，阿壯左右手的擺動根本比雙腳還快，推腳踏車賣山東饅頭的孫爺爺應該都可以超車。也好，烏龜般的慢動作速度我也不用擔心他跳過頭跌個狗吃屎。

卡通裡的魔王或怪獸總是在主角安逸懈怠的時刻出現，沒想到現實生活也是如此。

「你們兩個給我過來！」池塘旁幽暗的草叢傳來喊叫聲，震撼又清楚，洪亮又高亢，好像有種不得不屈服的魔力。

阿壯被突然的話語驚嚇放慢了腳步，眼神也轉向聲音的來源。

真相大白，是每天上下學、上下課、早自習、午修，就連擔任值日生抬便當去蒸都會看到的校長。沒想到這次連放學都還會遇到。

「快拉我上去呀，阿壯。」我的眼神從校長轉移過來投往阿壯，畢竟是唇亡齒寒的關鍵時刻，開口求救也無所謂。請原諒我真的很想描述校長的表情因為惶恐而逗趣，只是我跟阿壯的生命安全迫在眉睫，慢一步也會惹來上司令台之禍。

沒想到腿軟的阿壯還不夠慢，多快了一步。

噗通一聲，水花濺起的高度應該有半層樓，我記得幾個月前學校旅遊到亞哥花園看的水舞秀也沒有這樣壯觀，連校長都要揮手抵擋一下。

「快拉我起來，我看不到，快拉我啦！」阿壯煞不住車，加上沒注意到我擺放在石頭旁的書包，一不小心腳尖勾到書包的背帶，狼狽地連滾帶爬摔進池塘。

「小朋友，玩夠了就上來吧！」校長坐在原本被我們佔領的石頭上，拍著手提醒我們這兩隻落水狗說。

我拉著阿壯往池邊走去，低頭盤算找什麼藉口準備脫罪，該說我跌入池塘阿壯捨己救人，還是盡己之力在課後維護池塘生態。

看著阿壯渙散的眼神還顯露著好險命大沒死的烏樣，心頭一涼只好作罷，而且如果說法不一被識破更糗，說不定罪行更重。

先將阿壯推上池塘，校長也好心伸出援手拉他一把。

登陸前我再摸摸口袋，沒有魚、沒有蝦、沒有青綠的水藻，還是只剩零錢與鑰匙，以及多添莫名的恐懼與未知的懲罰。

八

校長的臉像乾扁的橘子，頭髮擦得油油亮亮，淺灰色的西裝褲與深咖啡色的皮鞋，然而上半身卻是跟眷村附近的榮民伯伯如出一轍，牛奶白的衛生衣，實在很不搭。

關於服裝的建議我當然開不了口，畢竟我與阿壯的生殺大權都掌握在他手上。仔細端詳就能感受，這個傢伙的道行高深莫測。我將浸濕的制服脫下，福爾摩斯的案子因為助手華生疏忽出了差錯，無奈地靜靜等候調查與審判。

「怎麼跑到生態池塘來玩，級任老師有沒有告訴過你們水深危險！」校長先生蹲了下來，接過我手邊的制服，然後像扭毛巾一樣旋轉它，直到面目猙獰氣力用盡，才將脫水的制服攤平在陽光下使勁甩動。這一幕，鮮活地像是幾個鐘頭前阿壯折老王牛肉麵店裡竹筷的翻版。

「報告校長，水沒有很深，還淹不到我的頭。」從水裡脫困的阿壯判若兩人突然反應靈敏，腦袋似乎被沖洗過一樣，忘記剛剛生死一瞬間的慘不忍睹，馬上搶著答話。

「話不是這麼說，裡面的石頭滑，有個萬一我怎麼跟你們家長交代。再怎麼說，老師不都有吩咐過這裡不是遊戲的地方。」校長指著池塘左側的立牌說。「中文字這麼清楚也看不懂嗎！要怎麼處置你們，自己說。」

「打掃景觀花園。」擔心阿壯的條件開得太好，這次換我搶先發言。

「這樣喔，打掃景觀花園，好像太簡單了一點。我陪你們走回家，再想想方法如何。」校長彎腰拾起剛剛被阿壯踢倒的書包，彷彿它沒有重量一樣就輕鬆提著，拍了拍，讓泥巴落地，頭也不回走進穿堂往校門口方向步去。

口袋裡有鑰匙，可是我的家裡一個人都沒有，先把阿壯送回家還好，不過依照路線遠近順序就大事不妙。

腦袋還沒再曬到太陽就感覺整個空白。我穿起制服，看著阿壯倒是很開心，跳躍行進中還跟校長合唱〈望春風〉。

「謝謝校長。」阿壯又將右手向上彎屈四十五度敬禮，聲音還故意放大，惹得在廚房忙碌的阿壯母親三步併作兩步跑了出來。

「我還要陪這個同學回家，不打擾。下個月家長座談會我們再聊。」校長微笑說著。

「一定、一定！」阿壯的母親不好意思地點頭回禮。然後轉過身像趕豬進圈一樣拍著阿壯的屁股斥責他進去。雖然阿壯母親的掌力看起來功力雄厚，不過我倒很想體驗，至少我知道她是關心在乎阿壯的。

「明天見喔！」我大喊著，雖然聲音已經進不到滿腦巴望著晚餐的阿壯耳朵裡。

「走吧！你住哪呀！」校長問道。

「清華大學附近。」我幾乎無聲地回答。

沒有父母照顧的孩子難怪會破壞校規、家裡沒有大人管教的孩子需要輔導，校長應該會這麼想吧。每踏一步，只想躲避他的視線，離家門的距離又被拉近一步，就更想趁校長不注意時逃跑。

我將兩隻手握拳在口袋中蓄勢待發，等決定將它們掏出來的那一刻，我會像尾巴著火的牛一樣狂奔，撞倒校長，然後離開這裡。

九

沒有開玩笑，我是真的這麼做了。先用頭頂撞校長的腹部，像電視播放的西班牙鬥牛一樣狂怒，目標不是紅色的布幔，而是牛奶白的衛生衣，然後雙手像蛙式游泳般撥開他的身體，後座力將我們的距離拉長到五公尺，我握住拳頭咬緊牙關，沒有地牛翻身卻清楚感覺到整個世界在顫抖。

接著我開始轉身奔跑，動作速度之快像是放影機快轉，而且搖控器摔壞已經無法停下來。

校長好像有開口挽留我，可是我的步伐飛揚已經超越音速，心也像石頭一般堅固，就要穿越大氣層到另一個銀河系。

打算跑到筋疲力盡，再偷偷回家，不會有人知道我是家裡沒人管的孩子。

忠貞新村裡的磚牆上滿是盆栽，保密防諜人人有責，跑過中正台，下棋泡茶老兵們彷彿約好一起消失，撤退轉進大後方的必經之路不但緊張而且懸疑，整頭光跟滿嘴鬍快幫我開槍掩護，後面的追兵就要登堂入室。

拉了拉溼透的襯衫，發現背部又流了好多汗。蟬鳴蓋過一切聲音，細聽輕快的腳步聲，就知道我終於練成武俠小說裡的凌波微步。

體育老師教導過，長跑不能停，呼吸一亂就會懈怠，腳步也再也不扎實了。儘管言猶在耳，不過看來明天的體育課我要缺席，真是諷刺。

小巷外面是黃昏市場，蔥油餅跟水煎包的攤位都已經收拾離開，也不見電捲燙大嬸的蹤跡。應該回家照顧孩子了吧，我猜想。

油膩膩的紙袋被風吹得繞著電線竿打轉，隱隱約約還聞得到蔥油餅的氣味濃郁。好餓，真想在老王牛肉麵店吃個痛快，就算要代替阿壯賠償下午折壞的筷子都沒有關係，反正我有好多張用不完的一千塊。

像重覆午後追逐遊戲的鬼擋牆，看到垃圾堆的廢棄沙發又在眼前，彷彿十項全能的選手附身，長跑之後迎接最後的項目，我全力衝刺跳過障礙準備投向軟墊的懷抱。

平常這個時候的我應該在客廳看卡通或錄影帶，冰箱有喝不完的汽水果汁，冷凍庫有吃不完的甜筒冰棒，為什麼現在如此狼狽有家歸不得，我拚命回想。

街燈盞盞亮起，剎那間，我差點哭出來，於是更握緊了拳頭再咬緊牙關，把突如其來的難過忍住。

抬頭，遠遠地我發現家裡的燈都已經明亮。

停下腳步，驚訝地看著幾個鐘頭以前的頭號敵人與爸媽在家門口談話，瞬間的震撼讓我瞠目結舌。

我打算握緊拳頭、咬緊牙關卻感到像發燒般四肢無力，瞬間，母親緊緊擁抱了我，像是我揣抱著貓兒一樣的溫柔，並且用手不停撫摸著我的後腦杓，父親則是從口袋拿出一包沒有拆封全新的衛生紙。校長慢慢地走過來，還微笑釋出善意，轉過身給我看他背後的我的書包。邊笑邊哭的我向校長先生點點頭。

磘鏘！是鐵片在柏油路彈跳然後靜止的聲音。

原來一直握緊的雙手把它硬生生鑲嵌住，我看著地上的鑰匙被媽媽的鮮紅色高跟鞋踏住，然後摸了摸口袋，零錢一二三四五六，好險，六枚都還在。

二〇一一年竹塹文學獎　短篇小說佳作

學習

一

把粉紅色的信紙折成愛心，放入信封再黏上膠水，迅速塞入卡其褲的口袋，清潔打掃完畢，我急著收拾書包走出新民樓的教室，傍晚五點，校園下課的鐘聲響起，加上前後的明德及至善樓的高一及高三學生，超過兩千人幾乎不間斷湧現校門口，形成一道卡其色的人龍，筆直朝向學府路前進，再順著磚紅色的孔廟左轉，直到火車站分流，這是新竹中學正值放學時刻的光景。

身為校友的歷史老師在課堂中提過，在竹中從高一念到高三，也就會在新民、明德、至善三座樓待過，這幾棟大樓的名稱是有典故，取自《大學》：「大學之道，在明明德，在新（親）民，在止於至善……。」因為對於殷殷期盼的師長、家長來說，新竹高中是「通往大學之路」，所以採用雙關諧義的命名。

不過，從高一新生入學到現在，五百多個日子，直到今天我再走出這間學校，回頭望向學校的這三棟建築物，我始終沒有想出答案，為何通往大學是我未來的唯一道路。

鈴聲結束的回音讓我從回憶中清醒。

學校下課，同時也是我接近補習班上課的時間，我必須爭先，才能夠在鄰近的快餐店取得一席之地；唯有吃飽，才有力氣補習聽課，或者應該稱之為玩樂。

前往補習班的路途中我會先去買份晚餐，通常是學府路上的鐵板麵，除了推薦老闆的送餐速度，免費裝玉米濃湯或冰紅茶也是誘因，或者我會去地下道旁的快餐店買便當，排骨尤其酥脆可口；偶爾口袋比較充裕時，則是要喝杯最近流行的珍珠奶茶；最後，限制自己每天花費百元以內，剩下的錢我會存起來，好用來支付打電動的消費，以及實現買台紅色迪爵摩托車的願望。

關於打電動這學問我必須強調，與我較量過的同學都清楚，玩起各種格鬥遊戲我戰無不勝，反應迅速、能攻擅守，每當我出沒電動玩具店，同好就會行注目禮，見我投幣必定退避三舍，深怕我跟他們單挑；不過，這些才藝我的父母不會知道，他們只需要知道，我的成績單上有沒有不及格的學科。

不過，如果成績考差，為了逃避責難，我也會用立可白竄改，再去影印店重新製作一張假像給他們審閱，瞞天過海。

補習班正式上課是晚上六點，不過，導師完成點名再撥電話與家長報備，這中間有半個鐘頭緩衝，所以我只要在六點半趕到教室即可。

寶貴的九十分鐘如何分配很重要，必須先趕到中正台商場附近巡邏，張雨生、劉德華、張信哲等等男歌手有沒有推出新專輯？運動用品店的耐吉喬丹八代到貨了嗎？當然，最新的漫畫快報上市更不能錯過，鳥山明創作的《七龍珠》聽說快要完結篇了……

我討厭補習，但是母親直接繳了三年的學費，說是可以先搶好位子，一次付清還有折扣，就這樣，我的放學時光被綁架了，諷刺的是，綁匪不是惡貫滿盈的亡命之徒，而是坊間人人稱讚的補教名師。

於是，升高二時的我選擇了文組，扣除不用念的化學及物理，可以少去補習班兩天，除了每周固定二、四的英文、數學兩科以外，其他時間就可以假借學校晚自習之名，行電玩競技之實。

電梯到八樓就是補習班的所在地，每次上課前，一樓大廳擠滿了排隊搭電梯的學生，他們像是機器人一樣，抬頭盯著前方的電子顯示器，8、7、6、5、4、3、2、1，直到電梯抵達一樓，大家會不約而同再把頭低下來，一起默默地踏入眼前的金屬小包廂，關門，然後再看著頂上的樓層數字跳動1、2、3、4、5、6、7、8，邁向驚悚的人間煉獄。

我無法融入那人群，不想進入那座擁擠的電梯，我慢慢走著樓梯上去，順便消化剛才狼吞虎嚥的排骨便當。

二

補習班的成員多半來自新竹，也有少部分苗栗及桃園人，儘管高中是依照成績分發，各校學生的素質參差不齊，但是名師的教法絕對一成不變。

如果是數學課，名師會先在講台上說笑話，學生笑完了他會走到座位區遶境，尋求學生提供求解的題目，接著，他上台示範破解，破解完是新聞時事剖析，最後，他邀請幾位看似混水摸魚不認真的學生上台，抄寫艱澀的題目請他們作答，可想而知他們答不出來，名師就會嘲笑，一邊嘲笑他一邊對著黑板解題，用這個授課方程式證明自己的能力高超，千篇一律。

我準時在六點半進入負責點名的班導的視線範圍，並且清楚瞧見她不避諱地對著我搖搖頭，感覺我像是沒有藥治的患者，病入膏肓。

光看色調，教室彷彿教堂，四面牆壁都漆成白色，塑造名師如同神父的聖潔形象，不可侵犯。白色的桌椅拾級而上，擺放密集，若是坐在靠牆位置的學生想要臨時離席，右邊的全體必須側身轉向，最外面的那位還得放下筆記起身讓出空間迴避，如此繁瑣的移動過程，瘦子勉強可以，遇到胖子時，也不用太擔心，周圍的人會給個臉色，他就知道乖乖坐好直到休息空檔一切再說了。

空間狹窄、桌椅破舊、地板骯髒、空調悶熱、燈光灰暗令人驚悸不已，簡單來說，初看如教堂，待過就明白這裡實際是屠宰場，只差在生理需求可以到外面去解決……

「我跟你們說，過年時玩水鴛鴦這類的鞭炮要特別小心！」果然，還在名師的說笑話時間，我的座位很好找，是母親為我熬夜排隊劃位搶得的講台黑板前第一排，景觀好、視野佳。

我摸到了筆友給我的信，她就讀新竹女中，與我同屆，總是最早抵達補習班等候上課；她會小心翼翼把信放在我的抽屜，再用幾張衛生紙蓋住、壓著。

不是與我當筆友見不得人，而是成為筆友的條件就是流行偷偷來往，沒有人知道誰是你的筆友，沒有人知道你的信歸何處，說出姓名反而失去神秘感，當有人發現你的筆友是誰，八卦就會校園滿天飛，你們的緣分到此結束，屢試不爽。

至於信件也沒啥重點，說明一下本周天氣如何、今日考試幾科、中午餐食菜色、服裝儀容變化，以及最近讀了哪本小說；儘管內容貧乏，卻很療癒，每封信照飯後睡前閱讀也不膩，而且跟朋友打屁的開頭就是「我的筆友她……」格外有成就感。

「我的小舅都用香菸點炮，有一次他不小心，拿菸點了水鴛鴦，順手把菸抛了出去，再把水鴛鴦放進嘴巴！」名師用誇張的手勢輔助笑話，然後，用來代替鞭炮當作道具的粉筆，就這樣丟在我的肩膀上。

「小舅的嘴唇被炸得跟米腸一樣大，哈哈哈！」名師大笑，並且用下巴示意我把粉筆撿起來。

我不知道名師是不是故意的，但是我故意視而不見，將書包放進抽屜，安穩坐好，忍耐一下，反正等下就見不到他了。

口袋突然震動起來，應該是阿壯傳訊息到叩機，肯定沒好事。

三

叩機螢幕跑出了「６８６８」四個數字，淺顯易懂，阿壯要我「溜吧溜吧」。

其實阿壯也有報名補習班，只是他不擔心點名，他的父親兩年前過世，母親扛起家計，為了讓他繼續念私立高中，應徵了科學園區的技術員，又為了多賺一點薪水，她總是上大夜班；所以，這段時間的她正在補眠，為了安心睡覺就會把電話線路拔掉，班導就算撥再多通，也是枉然。

因為學區差異，我與阿壯念了不同國中；阿壯的國中成績很差，他自己也知道，但是他的母親不相信成績單上的數字，通常考不到高中就是念職校，然而，阿壯的母親期待家裡能出一個大學生，告慰列祖列宗在天之靈。

因此，阿壯國中畢業進入私立高中，費用一學期兩萬起跳，還有額外的雙語、冷氣、交通車等等支出，琳瑯滿目；不過，他口袋絕對不缺錢，每次在電玩店都可以聽見他口中的兄弟喊著：「今晚阿壯請客真豪氣！」巧合的是，今晚如同昨晚、明晚，都由阿壯負責買單，無一例外。

我心已決，等等就去找阿壯，不是為了要他請客，而是待在這裡太痛苦，連呼吸都覺得充滿壓力。

七點半是補習班中場時間，短短的二十分鐘是逃獄的最好時機。當然，班導也非省油的燈，離開教室的學生都要檢查隨身物品，只要想藏匿書包夾帶出門，就是必然的翹課現行犯，除了電話通知家長，還會在大廳訓斥一頓，讓你的顏面掃地。

魔高一尺、道高一丈，也所謂上有政策、下有對策。教室的最後面有逃生窗子，這也成為地獄的漏洞，對我而言，打開窗戶便是迎向自由，但我也沒傻到肉體一躍而下；大樓的後方是塊廢棄的空地，偶爾停有幾台汽車、睡著幾隻小狗，但無人看管，只要將書包準確從八樓自由落體到地表，我就得以空手走出補習班的大門，不受拘束。

離開之前，我把寫好給筆友的信件放在抽屜，坐在我幾排後面的她很容易發現我的書包不在了，就知道我已經在休息時間翹課，她即可趁機拿信，萬無一失。

「收到你叩我啦！」十分鐘後，我在中興百貨四樓電玩區找到阿壯的身影，這是我們固定翹課的中途站。

長得圓滾滾的阿壯，手指粗細與甜不辣很像，眼睛因為臉部的肥肉過多而擠成一條細線，模樣神似彌勒佛；他的父親透露，小時候阿壯的頭可能常被蚊子叮到很癢，什麼都撞，枕頭、書本、馬桶，甚至磚牆都定時按三餐還有宵夜撞擊，來者不拒，撞久了孱弱的身子反而像吞了十全大補丸、鐵牛運功散，體格變得無比健壯。

啊撞呀撞！啊撞呀撞！撞得家喻戶曉、身體硬朗，阿壯的爸爸看見孩子撞得開開心心，所以小名取其同音異字，「壯」。

此時，阿壯正站在機台旁盯著螢幕的動靜，好提醒他口中的兄弟小心電玩中魔王的攻擊。為何我稱呼他們叫作口中的兄弟呢？因為只有需要阿壯請客時，他們尊重的口氣才會出現，不過，阿壯提及偷家裡的錢挨罵時，我沒看過他們有過歉意，甚至還詛咒阿壯的母親駕鶴西歸，別來多管閒事。

我看阿壯的這群兄弟很不爽，他們看到我的制服也是一肚子火；江湖傳言，第一志願的學生就是瞧不起私校的學生，這我必須澄清，對於阿壯我沒有，但是對於欺負阿壯的人，我深痛惡絕。

幾年前，我們才升國中沒多久，阿壯就表示厭惡上學，每當我們偶爾在巷口的老王牛肉麵巧遇，他總是唉聲嘆氣，說是上廁所被同學反鎖、便當在蒸飯室被偷沒東西吃，更慘的是，阿壯寫情書追求的女生竟然公開嘲笑他沒資格，讓他徹底對愛情失望。

話說，那封被公開的情書還是我挑燈夜戰代筆寫的，好不容易拼湊了王傑發行的暢銷專輯《一場遊戲一場夢》的幾首歌詞，而且只換來阿壯請吃一顆滷蛋，這低廉的代價著實不應該被嘲笑。

總之，霸凌阿壯這四個字像是一張專輯的主打歌，在他國中一年級的校園生活裡，最為班上同學朗朗上口。

雪上加霜的是，當時他的父親肝癌末期性情大變。笑談兒時的阿壯總是跌跌撞撞很討喜已是陳年往事，現在則是看到他經過眼前就怒火中燒，幾杯黃湯下肚，抓著阿壯去掄牆已成例行公事，嘴上不饒人還會喊著：「沒出息，我在你這個年紀已經工作賺錢了，知道嗎？」

阿壯當然不理解父親青少年時的生活，但是他不敢回嘴，頂嘴只是讓母親跟著受罪，或者連妹妹一起遭殃，他或許只是不明白，父親要求他認真念書，又說他不工作賺錢，到底應該如何選擇。

被怒罵到崩潰的阿壯對我說：「他以為我想去學校念書嗎？我恨死班上那些瞧不起我的人！每次考試我都痛苦死了，考不好還要被老師打，你聰明一學就會，你知道我看不懂題目有多難受嗎？」阿壯偷了父親的啤酒約我到眷村的中正台談心，我才知道他日常生活的難言之隱。

那一晚，笑口常開、豁達開朗的阿壯消失了幾個鐘頭，那也是我第一次看見他的眼淚及恨意，淚光如星星燦爛，怨恨彷彿黑夜無垠。

四

阿壯的雙親年齡相距二十多歲，一直以來，就是他的父親養家活口、當家作主。父親在他升國二的暑假過世，自此，他的人生開始有了戲劇性的轉變，在家不再受罵挨揍，妹妹進了同校的資優班，他與有榮焉；儘管他因成績墊底被分發到放牛班，但是阿壯不再抗拒去學校上課，他氣定神閒說：「眼睛閉上，睡個覺一天就結束啦，老師也不太管事，而且工藝課做木工挺有趣的。」

最重要的是，母親執掌經濟大權之後，他的零用錢變多，很自然的，朋友也跟著變多，甚至還有主動找上門的，阿壯感受在校園的身分地位提升，仰賴金錢外交的模式，也就持續從國二到了現在；不過，他口中的兄弟，我卻只認為是狐群狗黨。

記得某次國三模擬測驗結束，我再與阿壯相約中正台，反而換做我滿臉憂容，聯考在即，被迫整日埋首書堆，連看錄影帶、玩撲克牌都被禁止，心情沉悶。「有時候真羨慕你不用準備考試。」我說。

「我才羨慕你會讀書，一定要考上第一志願，我特別在工藝課做了有相框的鑰匙圈給你，你可以把周慧敏照片放進去，讓她無時無刻替你加油！」在這之後，阿壯送過我許多禮物，然而，這木製鑰匙圈始終是我保存最好的一份。

為了方便坐下，我將口袋的鑰匙圈放在旁邊的機台，朝著阿壯說：「來一場快打旋風吧！」看到阿壯與狐群狗黨相處時，我總會情不自禁想要拆散他們。

快打旋風是我擅長的格鬥遊戲，要贏過對手不用真的習武練功，搖桿是雙手的延伸，波動拳、昇龍拳的各式絕招按照步驟操作即可，取勝秘訣就是熟能生巧，所以，我練習得比誰勤快，在班上成績贏不過別人，至少電玩世界唯我獨尊。

「哇，你把照片換成蘇慧倫！」阿壯走了過來，拿起鑰匙圈笑著說。

我今天的狀況很差，三戰連兩敗，雖然不太服輸，但是皮包不爭氣，沒有多餘的錢花用，只好舉雙手投降。

「號稱打遍天下無敵手的你怎麼了，感覺你心不在焉？我請客，要不要多打幾場？」阿壯打算掏出口袋的零錢。

「走吧，陪我散散心。」我拉起他放在機台下方的書包，轉身就走，阿壯只能快步跟上並且揮手與狐群狗黨示意，對著電玩店的玻璃牆面，我似乎看見他們比出中指，應該是很生氣吧，生氣我把他們的金主帶走。

阿壯踩在後輪火箭筒上，我騎著他的十八段變速的單車，握上漂漂亮亮的鋁合金手把，試試煞車，靈光得很。「怎麼會有這台車，你老媽發神經買給你喔！」我轉過頭問他。

「前陣子代表學校參加木工比賽，運氣好拿到優等賞，校長頒了獎，還通知我老媽，說是為國爭光，以後大專院校肯定搶著要，她一聽到很有面子，好像我進大學穩當了，就讓我買下這台新車啦！」阿壯解釋說。

「為校爭光啦，你沒那麼偉大好不好！」我大笑出來，車身震動得左傾再右斜。然而，沒說出口的是，我好羨慕阿壯的雙手可以握住自己熱愛的電鋸、鑿刀，還可以挑選他想要運用的木材，反觀我，雙手只能拿筆把考卷的空格填滿、填滿後將手心朝上準備挨打，挨打完逃避到虛擬世界，操控搖桿變成花錢才能化身的英雄、勇者。

「很危險耶！看前面啦，小心新車別摔到！」阿壯緊張地提醒我說。晚上八點，我們在東門圓環打轉，思索有哪兒適合打發時間。

「走吧，民富夜市晃晃如何？聽說今晚有職棒比賽！」我靈機一動，想到今天班上有同學相約看球。

「我沒聽錯吧！棒球場！當然好！」阿壯驚訝地說。他一定覺得今天的我是多重人格，以往絕對不進棒球場、不看電視轉播棒球的我為何心血來潮。

好險，阿壯沒有多問，他專心在後方為我指引捷徑。

沿著北大路轉少年街，十分鐘的路程，我們抵達新竹市立棒球場，兄弟象與味全龍之戰來到四局上半，我們換了免費的外野學生票，買了兩瓶飲料，翹著二郎腿當起觀眾。

我們分別把飲料大口灌完拿來充當加油棒，敲下去的第一聲，阿壯跟著啦啦隊口號起身激動大喊：「陳義信！陳義信！三振他！三振他！」心誠則靈，投手佔了該次對決的上風，揮棒落空的打者應聲出局。

攻守交換，阿壯滿意的坐下，同時，他別在腰際的叩機震動，被我眼角餘光看見顯示有留言。

「我出去夜市買豆花，你要什麼口味？」阿壯問說。

「都好，你決定。剛才停單車的地方就有公用電話，快去聽留言吧！」我揮了揮手，怕是阿壯的母親有急事找他。

五

曾經，阿壯的母親對我沒有好感，覺得我愛耍小聰明、欺負她的寶貝兒子，但是日久見人心，她逐漸觀察到我與阿壯跟其他人打架時總是並肩作戰，關係如同手足情深，加上除了翹課、進出電玩店，我們也不做違背綱紀的壞事，於是她引誘我投誠，成為她的情報員，只要掌握到阿壯有偏差行為的證據，就要立即回報，若是我同意，得以換取定期供應的營養早餐。

二話不說，接過第一份早餐的我立刻投降，就此走上「廖北仔」的不歸路。

無論園區大夜班的工作再勞累、折騰，阿壯的母親清晨到家，總會趕在兩個孩子上學前打理好早餐共三份，匆忙卻不馬虎，包括饅頭夾醬油荷包蛋、火腿肉鬆起士三明治、皮蛋玉米瘦肉粥，以及酸菜油條飯糰等等多種料理層出不窮，食材多變且美味可口。

同樣的活兒換作是我的母親，切菜都怕傷到手，甚至饅頭放進電鍋蒸熱要加一小杯水這原理，我都覺得她搞不清楚。

關於桌上的第三份早餐，阿壯始終以為是他的母親自己享用，其實，這些愛心料理打從我高中入學，無一倖免，固定在我的肚子報到，並且消化為一股溫暖的力量，支持我每天提振精神、撐著身體、揚起步伐來到通往大學之路的中繼站，家喻戶曉的第一志願新竹中學。

當時等候公車的我，初次看見阿壯的母親提著紅色塑膠袋走近，還以為是要向我販售，只見她親切低聲說：「阿樂，拿去吃吧，正值青春期的你吃得健康發育才會好，外面賣的口味又油又鹹，我做的早餐很健康喔！」

那口氣就像是一位母親照顧著她的孩子了。

「你放心，我不會告訴任何人的，連阿壯也不會。」她離開前給了我承諾，體貼地保護著我的自尊心。

於是，念私立高中的阿壯晨起搭乘交通車，他的妹妹又是早到校的類型，這一年多來，我就利用上學途中順道去阿壯家領取餐點，風雨無阻。

我也好奇問過她為何不多做一份給自己，她總是說，熬夜上班到了這個時候就沒有胃口，現在吃會鬧肚子疼。後來我才知道，作息日夜顛倒的她生病了，而且症狀嚴重。

啦啦隊在場中表演，繼續鼓動球迷的掌聲，進入比賽的中場休息時間，像是我的高中生活過了一半，沒有辦法棄賽，但是落後太多，也沒有逆轉的可能性了吧。

趁空檔我打開書包拿出筆友今晚交付的信件，信紙背景是日本明星酒井法子，每一張信紙她的造型都不同，真是有心。

「阿樂，一場午後雷陣雨，讓我的游泳課報銷了，臨時改成自習……但也有好事發生，終於揭曉第二次段考成績，我的數學有長足的進步，也不再覺得三角函數可怕了……福利社賣的中餐配菜是麻婆豆腐，味道好辣喔……我現在好想趕快放學去補習班的路上買杯西米露解渴，唉，但是我媽總是嘮叨喝多了飲料會變胖，你覺得我胖嗎？可能是穿百褶裙看起來顯得豐腴，其實我的腿是很漂亮的，你說呢？……」

脈絡跟我猜想的差不多，從天氣、學業到中餐，無一遺漏；然而，畢竟筆友也是文組，作文底子不錯，起承轉合的功力高明，更讓我佩服的是，她的心思細膩、觀察入微。

「信是我在打掃時間才寫好的，字醜見諒。還有，你已經三次沒回信，還好嗎？是否學業出了問題？」筆友的信是這樣結尾的。

第一次段考歷史科作弊被抓，被狠狠打了個零分，這次段考也不及格，除非期末考兩百分，否則這科絕對被當掉；數學科兩次段考加總一百分，加上寒假作業沒繳交，假如時光重回春節前整理房間的那一周，我一定會想辦法找出那堆被我回收掉的習題本，並且耐著性子作答完畢。

因果報應，我今天拿到出現分數的考卷就知道，數學與歷史兩科肯定被當掉，所以，我要被留級在高二，或者，選擇轉學私立高中直升三年級。

「請同學們放心，這次段考老師我會放水。」突然，我想起不久前歷史老師課堂中講的笑話。

「淹掉你們制服上的槓！」老師語畢，全班哄堂大笑，當下的我因為專注電子翻譯機的內建遊戲，忽略了這個笑話是幽默，卻也相當寫實，即將印證在我的高中生活。

究竟是留級或轉學？我才明白這個課題，遠比過去任何一道出現在考卷的題目都要難解。

豆大的雨點墜落在信上，抬頭，上空烏雲籠罩，雨勢不小，球賽可能不會再打下去吧！

肩起書包我跑到外野樓梯口下方的室內躲雨，這才察覺阿壯一去不復返，球賽五局都打完，怎麼還沒回來，對著廁所喊了幾聲也不見他回應，我只好冒雨再跑到外野最上層的圍牆往底下的夜市仔細搜尋，豆花推車前的排隊人潮中沒有他，阿壯究竟在哪兒？

六

大雨歇息，我站在外野席出入口進退兩難，比賽繼續開打，但是阿壯消失了，只剩下我留守陣地，甚至繞回剛才停放單車的地方等了一會兒，連車子都無影無蹤。

望向偌大的球場，我開始反覆喃喃自語，說著我的不為人知。我並不在意把自己的故事說給別人聽，但是也不代表我會找個陌生人就淘淘不絕，吐之而後快，畢竟，誰又能真的明白我的苦衷。

就在我要起身到公用電話亭留言給阿壯時，他們出現了。

阿壯與我的筆友一起出現，筆友言出必行，她的手上拎著一杯西米露。

「阿樂你久等啦，突然下雨，加上載她不敢騎太快，好險比賽沒有取消。」重點已經無關球賽勝負，而是我的筆友莫名乍現，看似憨厚的阿壯倒也精明，不只顧左右而言他，還默默移動到旁邊坐了下來，並且自問自答裝傻：「陳義信被換下來了！換成誰呢？外野太遠了，讓我來仔細看看！」

「是我拜託阿壯載我過來的，在補習班看完信我就翹課了。」小安對我解釋說。

「剛才叩機留言就是小安，我也很驚訝好不好。」阿壯補充說，他看出我一臉惶恐，於是暗示他的心情也需要平復。

小安是我在國中時曾經為阿壯代筆追求過的女生之一，她的心地善良，沒有把情書公開，這是阿壯單戀史上難得的紀錄，因此，我對她有了印象及好感，高中在補習班相遇，我們打了招呼，也展開交換書信日記的緣分，成為筆友。

只是，我害怕與阿壯的友情經不起考驗，憂心他胡思亂想，所以絕口不提。

直到此刻，東窗事發。

「只是留級啦，沒什麼大不了！聽說李遠哲也有留級過，知名校友都要留級。」阿壯搶著發言。

「阿壯，李遠哲沒有留級過啦，不要亂說。」小安指正他，也繼續解釋她出現的原因。「我很擔心你，所以留言告訴阿壯信中的狀況，沒有經過你同意，不好意思。」

逐漸平復情緒的我開始分析狀況，由於我在信中沒有談論天氣及午餐，反而強調有兩門學科將被當掉，必須認真考慮留級或轉學，導致心情沮喪、覺得孤單、有點脆弱；也間接造成筆友小安過於憂心我的抗壓性不足，誤判情勢，所以留言給阿壯，並且要求他載她來探望我。

「因為我要確定這是真的，不然才不幫忙載她，所以她把信也讓我讀啦，阿樂你的字真整齊，比小安的字好看。」阿壯在我的傷口再補上一槍，然而，他知道我的筆友是小安，竟然不動怒，更沒有一句微詞。

「你怎麼可能不載她，阿壯你哈她很久了不是！」不甘示弱的我執意回擊。

阿壯說：「別開玩笑了啦，快讓小安坐下休息，停好單車我還在喘氣，她又指使我一路奔跑，好險門口剛才沒人驗票。」我這才注意到小安長髮雜亂、滿臉汗水，不顧形象的她白色制服也幾乎濕透，阿壯的褲腳則是沾滿汙泥，應該是急著騎車被大雨造成的積水濺起弄髒了。

「還好嗎？我們很擔心你。」小安再次開口。

「阿樂，當我是朋友就聊聊吧！」阿壯說。

右側後方計分表的大鐘指著八點五十分，主播報告著兄弟象、味全龍兩隊攻守再度交換，比賽來到「Lucky Seven」第七局。記得國中的棒球教練分析過這局最容易逆轉戰局，因為打者逐漸摸透對方先發投手球路，只要掌握時機出擊，必能吹起反攻的號角！

此刻，我打算放下自尊這副面具，承認失敗、悲慘、無助、徬徨、可笑，以及懦弱。

七

「國中成績好沒屁用，我來到新竹中學只能墊底，他們不用讀書隨便考都前幾名！」我必須坦白學業上的徹底失敗。

「你嫌成績差，我從小到大還沒拿過一張獎狀呢！」阿壯輕描淡寫了我的挫折。

「你不懂啦，成績爛在我們班上會被排擠，大家瞧不起你，害怕跟你相處會學壞，更悲慘的是，接近我的朋友都是差勁的傢伙。」

「難怪你這麼討厭我的狐群狗黨，因為這就是你在學校的身分。」阿壯應答如流，完全不顧我的感受。「有什麼好在乎別人眼光，我國一那年被欺負得更慘你忘記啦！現在我也活得好好的！」

場上加油聲此起彼落，更有人帶動起波浪舞，但是我的眼淚模糊了視線，無法看清楚是哪一隊得了分。

「考試作弊被抓，還被同學排擠，到底要留級或轉學，究竟誰能告訴我答案！問老師嗎？這他媽的不就是他們造成的。」這就是無助，我感覺只有人把我拉下泥沼，而不會有人扶我一把。

「我覺得是你的問題，我在學校也很討厭考試作弊的同學，現在你就是要學習為自己的行為負責。」前面沒有插話的小安原來是渴了，灌完半杯的西米露，她也加入開釋的行列。

「如果都是我不對，就算選擇留級，接下來呢，不覺得看不見未來嗎？只為了考大學浪費這幾年青春！」我承認過錯，但是，阿壯與小安你們不覺得徬徨嗎？

無視我的情緒宣洩，小安理性說起她近期的目標：「我沒想這麼多，大學聯考明年再說，暑假我想去美國找姑姑，先把英文學好。」

「太好了吧，可以出國，我連離島都沒去過。」阿壯今晚特別多話，「我只希望這次買的木材放在家裡別被淋濕，眷村房子超破舊，上批就是因為梅雨全數泡湯毀了，有夠可惜，我想趁暑假幫我媽做個櫥櫃。」

說來可笑，我的失敗、悲慘、無助與徬徨，在他們眼中竟然微不足道。

國小的我是個鑰匙兒童，原以為校長到家裡訪談後情況會有好轉，不料，幸福家庭終究是海市蜃樓；從國中開始，父親長年在中國經商，同樣忙於工作的母親早出晚歸，周末也不見行跡，我根本就是孤兒，與我最親密的只有他們留下來的空屋及鈔票。

無論他們距離我多遠，依舊可以遙控我的生活，國二時我要參加學校的棒球隊，他們說是念體育沒出息，怎樣都不肯簽入隊的家長同意書。

報名截止的前一晚，我使出渾身解數，先是撒嬌、懇求，爭取無效之後，我頂撞、嘶吼、痛哭、下跪、磕頭，但也於事無補；隔天早晨，他們趁我上學，把我房間內的手套、鋁棒、球衣，以及辛苦蒐集的球員卡都狠狠丟棄。

這才明白，以前父母勾勒的藍圖都是假象。

他們總是鼓勵我要有想法、勇於嘗試，但真相卻是，若是我把想做的事情一件件列出清單，就算只有手掌大小，可笑的是，把被限制的事情也一件件列出清單，則是全身的高度，兩者完全不成比例。

我被父母遺棄了，從此之後，我遺棄了棒球，切斷所有與棒球的關聯，不聞不問。

我恨他們，造成我活著卻如此懦弱的始作俑者。

八

「原來如此，難怪提到棒球你就一臉屎樣。」恍然大悟的阿壯說。「幹嘛跟自己過不去，讓你生氣的是爸媽，又不是棒球，這麼辛苦抗爭做什麼！」他又一次輕描淡寫說，然後左手勾起了我的頸肩，用力把我們摟在一起。

同時，小安從書包拿出一疊衛生紙放在我的腿上，再輕拍了我因哭泣抽咽而抖動的背。

「你太執著沒有用，要懂得變通，這是我從忠黨愛國的老爸身上學到的，留得台灣在，不怕沒柴燒，一直反攻大陸豈不是早就傾家蕩產。」阿壯說。

「結果我爸沒反攻大陸，靠你爸過去賺他們銀子也不錯。」可能是看我哭得慘烈，阿壯故意多話，以免場面尷尬。「你沒這麼委屈，偶爾你還見得到爸爸，他還會給零用錢，我想再罵老爸都沒機會，你看，他沒留遺產就算了，還留下這個給我。」

阿壯收回勾著我的左手，低下了頭，撥起後腦杓一叢頭髮，拇指大的傷痕清晰可見。「他幹的好事，每當傷口隱隱作痛，我就會想到他，很生氣他過去的態度，但是，我超想他的。」他說。

我把大腿上那包打開的衛生紙遞給阿壯。

「你如果想念他，就去老王牛肉麵旁的雜貨店，店裡隔間最右邊的俄羅斯方塊最高分是你老爸兩年多前的紀錄。」雖然當時阿壯的父親要我保密，但是他都離開了這個世界，曾經留下的蛛絲馬跡，就成為父子之間相愛的證據吧！「有天我中午翹課發現他在那裡打電動，我還與他對決了一場，薑還是老的辣，喝醉也比我強。」再回首那個午後的場景，我破涕為笑。

「我還沒跟他打過電動呢，反而是你，我以後有了孩子一定要跟他好好相處，像是哥們一樣。」阿壯也笑了起來。

「你們的感情真好。」小安伸長了手再把衛生紙拿了回去，擦拭了自己的眼眶。

「對呀，我們感情真好，就算有小安妳介入也不受影響！」我說，然後右手勾起了阿壯的頸肩，再次用力把我們靠在一起。

龍象大戰在九點半結束，觀眾陸續散場離去，民富夜市的攤販也收拾起來。奇妙的是，後來的我們無論再怎麼回想，都沒有能記起當天的比數是多少，我們支持的兄弟象隊逆轉戰局了嗎？

或許，一場比賽真的沒有那麼重要，就當作過去的經歷僅僅是一場比賽吧，我這樣想著。

「升學，這股引力像是潮水沖刷著我們，湧起又再退去，我們唯一能做到的，就是學習站穩。」那一晚，小安向我們道別時說了這一段話，很有哲理、但當下的我不太明白。

直到將近晚上十點，阿壯猛然想到要拿學校的繳費單跟母親請款，我們才又離開電玩店踏上歸途。

「不能明早再跟她拿錢？」我問。

「家裡沒那麼多現金啦，她都是清早下班才去提。」騎著單車趕路的阿壯氣喘吁吁回答著。

「反正都要留級，明天我不去學校，你陪我翹課。」

「翹課去哪？」

「見面再說！」我心意已決。

「我拿什麼理由請假？」料想到需要病假證明的阿壯，我對症下藥有了妙計。

「等等找超商的大夜班要過期鮮奶說要餵狗，然後我們回家不要冷藏放到清晨喝掉，保證腸胃炎去醫院吊點滴。」我說。

「你白痴呀，這什麼爛主意……你以前試過喔，太變態了吧！」阿壯就這樣碎念直到送我回家。

當晚，我們真的拿到了過期鮮奶，不過，隔天相約的時間一到，只有我出現在中正台，甚至去他家按門鈴也無人應答，忘記帶叩機的我，直到傍晚返家，才聽到阿壯留在語音信箱的對話。

我後來才得知，那一晚，阿壯順利趕在母親上班之前到家，報告了學校繳費的金額，他就把鮮奶放到餐桌進房間睡去；隔天清晨，阿壯正要喝鮮奶鬧肚子，就遇到母親請假先回到了家，原因是脹氣、腹部很疼，疼到要阿壯請假陪她去省立新竹醫院一趟，做了檢查，才知道是胃癌末期。

九

自從那天，阿壯再也沒回高中念書，因為母親的醫藥費金額龐大，加上妹妹有望繼續升學，他毅然決然選擇了國軍志願役，報考軍校。

從得知病情到阿壯的母親辭世，不到短短一年。

我將原本預計買摩托車所存下的錢要給阿壯贊助喪葬費，但是他堅持不收。

「家裡一切都好，還過得去，你買新車有機會載我別收費就好。」他說。「記得新車要用我送給你的那把鑰匙圈。」

小安與我上完香、走出靈堂，一起跟阿壯點了頭道別。

那天也是我最後一次看見小安，她忙於大學聯考、留級的我熱衷社團活動，傳說的筆友魔咒靈驗：當有人發現你的筆友是誰，八卦就會校園滿天飛，你們的緣分因此結束，屢試不爽。

至於轉學或留級的二擇一我選擇了後者，原因單純，只因看完棒球賽的當晚阿壯送我返家時，他的指點使我豁然清醒，原來我根本是杞人憂天、別無選擇。

「是因為小安出現嗎？我覺得阿壯你今晚反應超快，有條有理，跟平常不太像！」

「靠北啦，你狗嘴吐不出象牙來！」阿壯說。

「很晚了，你小聲一點啦！」夜深人靜，我提醒他降低分貝。「說真的，留級或轉學私校，你建議我選哪一個？」

「想也知道是留級，我們學校的交通車清晨六點半出發，你這懶骨頭怎麼可能爬得起來！」阿壯的結論簡明扼要。

於是，我欣然接受他提出的這個事實，決定留在離家近的新竹中學多讀一回二年級。

我時常回憶起小安說過那句很有哲理的話，升學，這股引力像是潮水沖刷著我們，湧起又再退去，我們唯一能做到的，就是學習站穩。

「唯有自己學習如何站穩，才能扶住旁人，回到岸上，眺望更遠的風景，做出更好的選擇。」我在信中寫下這段話勉勵她，這個答案也算是回應小安給過我的支持，我再把粉紅色的信紙折成愛心，放入信封再黏上膠水，迅速塞入卡其褲的口袋，這是等等送給女朋友的情書。

鈴聲結束的回音讓我從回憶中清醒。

我急著收拾書包走出位在新民樓的教室，明德樓及至善樓的高一及高三學生，超過兩千人不問斷地湧現校門口，形成一道卡其色的人龍，筆直朝向學府路前進，再順著磚紅色的孔廟左轉，直到火車站分流，這是新竹中學正值放學時刻的光景……

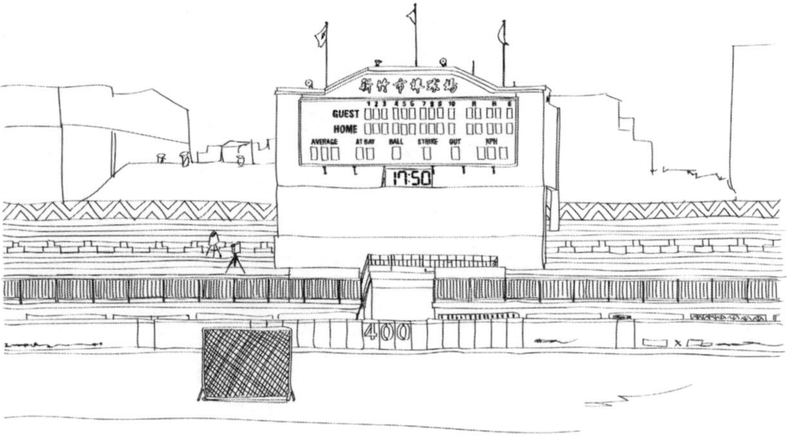
新竹市棒球場
GUEST
HOME
AVERAGE
BALL
STRIKE
OUT
KPH
17:50
400

回家

一

大學北上負笈四年，每次返鄉，台一線便是我最常騎乘的道路，新莊到龜山、桃園、內壢、中壢、楊梅、湖口、新豐、竹北及新竹，這是回家的路會穿越的城鎮，我記得很清楚，南北往來，連測速照相的位置都調查仔細。

中途我固定找家便利商店買個飲料抽根煙，也讓屁股鬆弛、手腕活動。夏日正午的太陽格外毒辣，似乎可以直接點燃手上的煙。「二十世紀的最後一年真難熬呀！以前的夏天有這麼熱嗎？」沒有人給我答案，但是我真的很懷疑，究竟是我怕曬，抑或天氣變得難以捉摸。

我將還沒抽上兩口的煙用指尖彈開，催動了機車油門駛離便利商店，回頭望了一眼，煙蒂似乎還在磁磚上滾動，點點星火，緩緩燃燒著。

這次回到新竹，是為了準備畢業展覽的作品，拍攝我的家鄉；除此之外，為了籌措畢業展覽的經費，接了場晚宴的婚禮攝影，報酬現金六千元；至於研究所的學費，好險就學貸款可以解決，關於念念不忘的新單眼相機，可能要借高利貸才有辦法了吧！

省道在楊梅到湖口的這一段路筆直沒有起伏，旁邊是車流不息的高速公路，我總是習慣將安全帽取下，好讓涼風從耳梢臉龐拂過。

「脫下長日的假面，奔向夢幻的疆界，南瓜馬車的午夜，換上童話的玻璃鞋，讓我享受這感覺，我是孤傲的薔薇，讓我品嚐這滋味，紛亂世界的不瞭解……」哼著最近五月天樂團主打歌曲〈擁抱〉，歌詞 字一句簡直寫進我心坎裡，青春好像就要過去了，愛情一事無成。

這次回新竹是個匆忙的決定，服裝都來不及整理，上半身套了件純白的T恤，圖案花紋都沒有，下半身是淺色的牛仔褲，看似普通，卻是名牌的經典款，我的好朋友阿壯送的十八歲生日禮物。

如今，牛仔褲右腿的膝蓋位置破了個洞，是大三那年的某一晚，在網咖包台八個鐘頭之後一群好朋友堅持要看日出打籃球所造成的。懶得回家換上運動褲的我就盡情磨損著這件昂貴的牛仔褲，還有彷彿浪費不完的青春。

「有多久沒有跟阿壯聯絡了呢？」還是沒有人給我答案，我不敢仔細計算，究竟是我心虛，還是這個朋友已經算是失去了。

跨越頭前溪上的大橋，便是抵達市區的提醒，我將脫在腳踏墊的安全帽拿起，左右挪移調整並牢牢戴住，耳朵聽到「搭」一聲扣上的聲音，接著最後一個右彎，再過兩個紅綠燈的路口，就算是回到新竹了。

我扭動鑰匙圈拔出，將機車熄火停妥，決定先逛逛市區，也趁機多拍些家鄉的照片。

返鄉，回家不見得是固定行程，純粹喜歡重回新竹這座城市，走在熟悉的街道巷弄，它包容著我直到十九歲到台北念大學，照顧了我青春叛逆的人生階段。其實，返鄉無法回家的另一個原因是，家裡不常有人，母親也沒有留給我備用鑰匙，於是，每次回家我都要再三聯絡、耐心等待。

處理等待的光陰，最適合在市區晃蕩，我走上天橋穿越地下道，東看看西瞧瞧，像是回到高中的放學時光，只是因為不想回家，所以四處遊走；市長民選換了黨派，藝文似乎要在這片文化沙漠萌芽，東門圓環被重新妝點，命名為「新竹之心」，引領大家踏進老城門，高中生還會扛著音響，三五成群在空地練舞，在地人或遊客則坐在四方廣場的石階聊天。整治後的護城河則成了親水公園，闔家、情侶，也不乏老人家散步，循著圓環的周邊走上一圈又一圈。

無論多久回來一趟，都覺得總有不同的角落隨著歲月更迭而改變。物換星移，客運站改建成百貨公司商場，遮雨棚與人情味擋不過鋼筋水泥及涼爽冷氣的攻勢，過去人聲鼎沸的中正台夜市不再熱門、逐漸蕭條，像是台北這幾年的西門町，時尚的地位被東區取代，除非要讓自己的裝扮復古，或者吃碗蛇湯，不然實在找不到理由再到這個地方。想到這個小時候覺得像是迷宮的地方，一天也逛不完的，總是能夠滿足所有慾望，包藏了食衣住行育樂的五花八門；只是長大了，竟然開始不免地嫌棄這裡的陳舊與停滯。

我也有些轉變，念了影像傳播系，沉迷電影及攝影，透過相機的觀景窗我著手記錄社會的五光十色、光明黑暗。當然，這興趣也讓我砸了不少錢，一台規格陽春的單眼相機，要價就要新台幣五位數起跳。

若是打工收入無法支付，我選擇伸手與母親要錢；母親總有辦法的，儘管她必須與她的情人低聲下氣。

二

我站在最熱門的會客點金石堂書局門口，面對百年建築新竹火車站，順手拍了幾張照片，突然手癢、呼吸不順，發現菸盒空了，我準備去對街的超商補貨，瞧見提著便當抓著水壺揹著書包的國小生，一切令人懷念。

三個小朋友從我的面前走過，右邊的最矮小低著頭、左邊那個胖胖的穿著名牌球鞋、中間的皮膚黝黑；隱約之中，我的耳朵還能聽見便當盒裡的湯匙因為擺動撞擊產生的聲響。

引起回憶的金屬敲擊聲就是由他們產生的。我立刻蹲下來，為他們的背影拍了一張照片。

我曾經在國小二年級時轉學過一次，進到人生地不熟的新校園，還是躲在父親的身後偷偷摸摸走進來的，辦理一些手續文件後一位女老師把我領走，然後父親靜悄悄跟在後面，東張西望不知道在打量什麼；我一邊注意女老師帶領的路徑，一邊頻頻回頭觀察他是否還在我呼救能及的距離。

當時的我認定老師就是壞人、怪物的代表，而且女的更恐怖，老的更可怕，差不多像是電影《桃太郎》中的鬼婆，見了晚上會睡不著覺。

站在講台上自我介紹時感覺兩腳發軟，旁邊女老師為了安撫我，將滿是皺紋的手硬生生按在我的頭頂上，瞬間，我體會到夏天在烈日玩耍時沒戴帽子，全身氣力用盡發軟的中暑前兆。如果逼我開口，我肯定自己會暈倒。

「小帥哥，講話呀！」父親說話了，字字鏗鏘有力。

我的眼神緊盯著靠在後方牆壁前佈告欄的父親，當全班同學跟老師轉頭望向傳出天籟的方向，我也趁機將頭移開如同烈陽的手掌，迅速用五個字介紹完自己，簡潔有力。為了掩護我，父親甚至故意出洋相，離去時將衣服勾到固定模範生照片的圖釘，他光亮的黑皮鞋來不及煞車就直接命中掉落地面的照片中男同學的臉龐，換來班上驚駭的大呼小叫。父親對鬼婆的攻擊實在高明，招式無形。

之後幾天只要來到中午用餐，父親都會帶便當給我，然後輕放在窗台的溝槽上，卻用湯匙重重地敲擊便當的鐵蓋子。

「鏘鏘，鏘！」聲響結束之後，全班同學把視線從窗戶移到黑板後，鬼婆就會微笑地點點頭跟父親示意，然後要我去把飯盒領走。這一刻我非常驕傲，甚至猜想年輕還沒生下我之前的父親真正身分會不會是鐵雄，不然怎麼敢跟宛如惡魔黨的爪牙作對。

「我的爸爸可以把一隻拉不拉多舉起來！」曾經每天下課與同學阿壯結伴同行的回

家路上，爭論自己的爸爸多麼偉大、多麼無所不能是必然的話題。

「這有什麼厲害，我的爸爸可以徒手把自己舉起來！」我使出了殺手鐧，說謊。

仔細回想，說謊這件事真的是養成教育，從小我就很有天分，後天更是學習有加。

只是，我想像中那個能夠把自己舉起來的父親，為何沒有辦法把自己放下呢？

三

還記得童年我在客廳堆疊積木，常常會被來家裡找父親的客人不小心碰倒或撞歪，那些採用長方型、正方型、橢圓形及拱型木塊堆疊而成的城堡，總是經不起他們的摧殘。

「阿樂你去旁邊玩好不好。」父親總是輕聲地安慰。

我沒有因為心血毀損大半而感到心灰意冷，我總是靜靜地把積木挪移到旁邊，但不會離開父親的視線，因為知道他偶爾會注意過來，然後，我會偷聽他們談話的內容，父親會跟喝茶聊天的朋友說起有這個兒子多驕傲。此時，我通常不會放過表現禮貌的機會，大方地微笑回禮，以求討人喜歡，並且覺得萬般受寵。

母親勾著父親的手一起坐在客廳的沙發上陪老朋友喝茶時，他們總是親暱喊著父親「小龍」；當母親氣憤打開被捶打的大門，幾個整身酒味的叔叔攙扶著也是醉醺醺的父親返家，告別前他們總是特別有禮貌喊著「龍哥再見」。

父親的生意順遂，我們家的生活堪稱富足，國小時口袋的零用錢就是千元起跳，電動玩具、名牌球鞋，以及最新發行的錄音帶或漫畫，我應有盡有。曾經，我自豪擁有這個父親。

然而，當父親位高權重時，我才發現已經記不得上一次看到他在家是哪一個季節、哪一個月份、又日曆上的阿拉伯數字是黑色還是紅色。

好景不常，去年初的父親經商失敗，我就此展開落魄人生。大門被討債的人一腳踹開，母親啜泣地躲在以前我玩積木的牆角，那些凶神惡煞怒氣沖沖地詢問：「叫你們龍董別躲呀，敢作敢當！」

「我老爸一定會想辦法還錢的。」我擋著門口理直氣壯回應著，豈知，這又是一個謊言。

父親的公司原本與中國廠商密切合作，可是近幾年政府的經濟政策以成語「戒急用忍」概括承受，諸多的審查及投資不是被官員擱置，就是直接阻擋了下來，先是缺乏承包專案的源頭，加上新進的大批機器也沒有能力付款，為了阻止公司倒閉，父親擅作主張與地下錢莊借錢，這個決定也導致他走向眾叛親離的不歸路。

這條不歸路最後通往中國，父親的車票只買了單程。

母親說：「政府棄父親不顧，父親拋棄了我們，他不要這個家了。」她提出離婚，雙方簽字，經商失敗的父親就此選擇留在中國不再返台，也不再回家。

我覺得父親有他的苦衷與難處，斷章取義的母親才是選擇了放棄，放棄維繫家庭的決心，然後，接著就是放棄我。

整晚沒睡，加上又從台北騎車回到新竹，我的體力已經透支，拿起相機，對著過往人群再按了幾次快門，突然感到一陣暈眩，抓起口袋的鑰匙圈，我打算回到摩托車停放處休息一下

經過唱片行，我看見徐若瑄的大張海報。我的女朋友長得很像藝人徐若瑄，愛屋及烏，索性也就把阿壯送的鑰匙圈裡的照片替換成她；不過，稱呼她是女朋友好像有點落差，此時此刻，應該說是前女友才對，昨晚，她搭著客運來到台北我的宿舍跟我協議分手。

「分手這件事我已經考慮很久了，你答應我吧。」幾個小時前瑪莉對我說。這段感情的終結早有前因後果。

我喜歡叫她的小名瑪莉，根據他的父親說法，瑪莉九個月站立走路，一歲開始蹦蹦跳跳，嘗試跳過她眼前的所有障礙物，跳得過還輕鬆容易照顧，通常都是跳不過跌倒了大哭，最常撞倒的就是家裡那台紅白電動遊戲機。

「老爸說每次他玩瑪莉兄弟快要破關時，我總是想跳過遊戲機，然後不成功，畫面就當機了，因為他太生氣，我又太愛跳，所以給了我這個小名，還算好聽啦！」瑪莉向

我解釋過緣由。「而且老爸他希望我多讀點書，取個洋墨水的小名或許可以增加出國念書的機率！」

瑪莉的長相跟電玩世界的卡通人物倒是沒有關係，清秀的她兩頰酒窩甜美，看了使人心曠神怡。她的成績優異，聰明又有想法，國中是資優班，考進新竹女中不費吹灰之力，至於大學聯考，瑪莉倒是失常，志願填了清華大學中文系，愛面子的她說是為了節省住宿費所以繼續待在新竹。

最重要的是，她長得與圓滾滾、神似彌勒佛的哥哥阿壯絲毫不像。

四

會認識瑪莉，除了因為她是好友阿壯的妹妹，幾年前他們的母親因病過世，當時手頭寬裕的我把預備買摩托車的積蓄當作贊助喪葬費，雖然阿壯不收，但我還是私下給了瑪莉，也希望他們準備母親的後事不要有經濟壓力。

為此，阿壯很生氣，就連他當兵受訓的懇親活動我特地去探望都不理睬，寧願待在三樓的悶熱寢室賭氣。

不過，待在寢室的阿壯沒有閒著，由高處往下眺望的他發現我與他的妹妹手牽著手，因此，還投擲了之前做給我一模一樣的鑰匙圈下來，起初，我以為他是提供新的備品給我替換，拾起摔得粉碎的木塊，抬頭又看見阿壯對我比了中指，這才明白，他覺得我忘恩負義，竟然把歪腦筋動到他的妹妹身上。

肝膽從此不再相照，友情也化作傳說。

因為與瑪莉住得近，加上有阿壯這位人物成為共同話題，高二的我們出雙入對，戀情升溫得快。

她是我青澀的初戀，也充滿了苦澀。就算瑪莉不是好情人，她絕對是好老師，無論如何，感謝她導正過我的偏差行為。

高中時期的我們約會形式很簡單，固定周末碰面，若是她作主，地點多半是清大圖書館，解題累了、讀書昏了，就到梅園或湖邊散步，她愛走路，我也服從，偶爾還會穿越清交小徑，從清華大學跨到交通大學，再沿著車水馬龍的光復路去忠貞新村旁的小店吃碗冰鎮豆花。

如果是我決定約會地點，當然要約在市區的肯德基碰面，我會在店裡四樓的點唱機先選好幾首張學友的情歌，用五個十元硬幣換來半個鐘頭的專屬浪漫，啃完了漢堡、炸雞及薯條，接著，去中興百貨看場電影才跟得上時代潮流，或者兩個人唱KTV也是不錯的選項。

「今天是你生日，就按照你的規劃吧！」瑪莉對我笑著說。

那是少數幾次我們在電影院約會，票根註明《捍衛戰警》，原本我挑選的是周星馳的無厘頭港片《九品芝麻官》，但是被瑪莉推翻了，她說觀賞外國片還可以學習英文，寓教於樂，但是我總認為她是看上基努李維比周星馳來得英俊帥氣。

回憶起來，無論是在速食店高談闊論或是圖書館竊竊私語，那段青春期的對話最常談論的就是未來，志願卡要填什麼科系？大學生活怎麼規劃？打工要找什麼行業？不過，當下的我如果承諾了什麼，瑪莉的結語都是期盼天馬行空的我實際一點；她理性的程度時常讓我感到畏懼，畏懼到我不敢反抗，害怕她隨時選擇轉身離開。

上了大學，瑪莉與我分隔兩地，開學的我們都忙著融入嶄新的校園生活，遠距離的戀愛就靠電話維持，而且還是公用電話，她不肯辦行動電話，說是浪費錢，不會有人找她，這樣說來好像我不是人一樣。

瑪莉的任何要求我都百依百順，家庭失和、阿壯決裂之後，她是我認定這個星球中少數還會關心我的人。

我不想要失去她，跟她在一起的時候，讓我覺得有了依歸，像是有了個家。

分隔兩地導致我們漸行漸遠，我很難形容今天拿起相機拍下的畫面有多精彩，進入暗房沖洗照片的心情有多期待；她說寫了好多小說、散文及新詩，但是覺得水準太差不要與我透露，我堅持說沒關係，聽了也就忘記，她就說既然隨便就會忘記還不如不要浪費時間……

「我們不要吵架好不好。」我低聲下氣地說。

「我沒有跟你吵架好嗎？這是溝通。」瑪莉也有她的堅持。

於是，我們的熱線頻率從一天一通十五分鐘到十五天一通一分鐘草草結束。

念大學的我有了摩托車，剛開始也會騎回新竹探望瑪莉，只是，約會總是匆忙、草率，瑪莉的生活費來源必須依靠自己，她不希望因為就學貸款在畢業之後欠一屁股債，所以接了七個家教的工作，沒天沒夜的賺錢，儘管周末她也不得閒。

至於約會的安排，她還是處於上風，墊腳石與古今集成兩家書店二選一，她說，各自找有興趣的書來看，然後，我們很有默契地慢慢走向不同書櫃、區域，以及樓層，甚至我跑到旁邊的服飾店逛完才回來找她，瑪莉仍無所謂。

她習以為常，我卻按耐不住，為了引起她注意，一次我在書店的四個樓層已經走投無路、百無聊賴，於是開了個玩笑，自己隨便編了幾本書名，然後詢問店員有沒有這些書。

「你要的書嗎？」店員拿著我手寫假書名的字條穿梭在四面八方的書櫃，直到引起瑪莉的注意。

「沒有，是我騙他們的，好玩而已。」我靠近她耳朵旁輕輕地說。

「你可不可以不要這麼幼稚，自己開心但是造成別人困擾？你怎麼上了大學還是這個樣子？」她大聲斥喝，周圍的人都嚇了一跳，朝我們行注目禮。

瑪莉走去向店員道歉，附帶一個接近九十度的鞠躬。她似乎把書店看得很重，感覺比我還要重要，我也說不出來為什麼，覺得這個衝突好像是她在書店預藏好的地雷，早就等候我多時，總算今日被我誤踩而爆炸，興師問罪有憑有據。

「如果你不想回新竹就不要回來，到了新竹也不回家，你多花點時間陪媽媽會死嗎？」她說了狠話，我啞口無言。

「我要先去家教了，你回台北騎車小心，以後回來記得先告訴我一聲。」然後，她用這一句話打發我離開。

瑪莉一直是個溫柔、羞怯、拘謹的女孩，我和她在青春無憂的年歲相識，當時的我們攜手面對的是一個穩定、安全、簡單及明白的世界，那個時候，我以為我們是永遠快樂的，不會存在變數。於是，忽然之間，我想人都是會這麼形容的，稍微誇張，最初只是想要對方重視，殊不知，只是親手毀掉這段感情，驟然畫下句點。

「與妳交往，我從來沒有快樂過。」道別以前，倔強的我對她說了個謊。

五

那次爭吵之後，大學四年的我們依然偶爾聯絡，維持著若有似無的感情，直到我異想天開打算改變僵局。

大約兩個月前是瑪莉的二十二歲生日，三年沒有幫她慶生的我決定給她驚喜，買好了最新上市的手機當作賀禮，背包放著單眼相機打算為她拍攝寫真沙龍照紀念，從新莊騎摩托車出發，自行快遞傍晚到府。

眷村屋子的圍牆不高，我站在摩托車椅墊上，手一撐、腳一跨，把高中最擅長的翹課翻牆溫習一下，沒被鑲嵌在牆頭上的玻璃碎片割到，很順利進入了瑪莉家的後院。

似乎是不該到訪的時間，我看到的是，屋裡有個男生走動但不是阿壯，幾件不是女生的衣服卻曬在後院的竹竿上，隨風飄揚。還來不及反應，我聽到自行車的煞車聲，幾秒過後，是鑰匙插進大門開啟而鏗鏘，再來，是木門被推開時發出了摩擦聲吱吱咯吱，最後才是瑪莉的聲音，甜美且溫柔。

「我回來了。」她說。

瑪莉並不是對我說，她不知道我來了，如果她發現了，也會喊得大聲一些，因為我還在後院，這麼小聲我會聽不見。

猛然，我想起自己在攝影理論的課堂中發表的一段話，「我喜歡攝影，因為期待捕捉到陰暗面，那些沒有人注意的角落，我知道真實往往被藏匿，就像我的人生一樣，看似光鮮亮麗，其實殘缺不堪。」

「每一次按下快門，我將希望把那些即將逝去的美好紀錄下來，然後好好道別。」原來課堂中的我還是說謊了，我根本沒有辦法好好道別。

我推開屋子的後門，快步穿越了廚房走道、餐桌及客廳沙發，位置都沒有變動，如同小時候來到這裡等候阿壯寫完回家作業一起出去玩耍的場景；我刻意忽視旁邊的人影，專注迎向前門的瑪莉，我拿出了背包中的相機，把鏡頭對準了她，只是無論怎麼嘗試對準焦距，她都在前方不斷模糊，儘管如此，就算也無法壓制顫抖的手震，我還是不斷急速按下快門，記錄下她醜陋的背叛。

她緩緩移動著，逃離了我的鏡頭，接著抽起一旁的衛生紙，再擦拭我眼眶滿滿的淚水。

窗戶透進暮色，夕陽像是落淚的紅眼睛，瑪莉扶起我的單眼相機，使勁地奪走。我好久沒有這麼近距離看著她，瑪莉的表情柔和許多，依然是長髮，色澤一樣烏黑，一樣神似徐若瑄。

「我恨妳。」我脫口而出。

沒有任何解釋，或許她有說，但是我已經甩頭不理會，沿著原來的路線離去，客廳沙發、餐桌及廚房走道，然後給了旁邊的人影一拳，再推開屋子的後門，衝刺加上一個箭步躍起，用雙手直接抓住牆頭的玻璃碎片，手一撐、血一流、腳一跨，我順勢翻落摩托車上。

六

不顧傷痛的我催起油門，無意識地騎到了南寮海邊。

高中時期的我只要心情不好就會來到這裡看海浪、吹海風，除了漁船，這裡也是我的避風港。坐著堤防上的我檢查傷勢，很痛，卻遠不及心痛的糾結。

望向海面，一條湛藍色的線橫亙地平面，彷彿墨水筆如此纖細，接著一直到防波塊前，都是清澈的藍，直到沙灘前，再轉成一波波更深的藍，然而，新竹的海風強大又多變，有時候風向一轉，從海底又翻動起不同色彩，浪濤雖然重複，但是那逐步沖刷、點滴侵蝕的過程，讓人不由自主放空而平靜；海風儘管狂暴，有趣的是，迎著風，反而讓我心安、踏實，不會去胡思亂想。

風生水起，忽然之間，我覺得這個分秒好美，打算把眼前的畫面拍攝下來，這才發現，單眼相機忘記拿回來，遺落在瑪莉的家中。

不過，我剛才一言不發的轉身離開，若是再折返回去也太沒面子了；我拾起腳邊的石子，側身去向大海打起水漂，拿定主意，放棄那台相機，並且長期抗戰等待瑪莉回心轉意。

新竹、竹北、新豐、湖口、楊梅、中壢、內壢、桃園、龜山及新莊，逆行回家的路我又來到大學宿舍。

幾個小時過去了，這一晚的我很不安、焦慮、煩躁，身體像是被成群的毛毛蟲咬到，或坐或站極度不自在，始終無法克制腦袋胡思亂想，整個城市都安靜了下來。我的手機設定了她專屬的鈴聲，絕對不會錯過，我等著瑪莉打來，儘管她不懺悔我都願意原諒她。

我知道這通電話可能會給我憧憬、喜悅、遺憾、失望、傷悲，但無論過往人生的情節如何改變，這通電話急迫性都是無法取代的。我需要這通電話拯救。

我嘗試讓自己不要想著電話，打開電視先看了一下中華職棒轉播，簽賭假球案爆發之後，現場觀眾銳減，球評與主播好像也無精打采，我又拿起了手機，察看有沒有未接來電，繼續心不在焉收看重複播放的深夜新聞，手機依然無聲無息，我下樓走到附近的電影DVD出租店選了一部長片《鐵達尼號》打發時間，看完了，我打開抽屜重新分類成堆的底片，再打開廣播聆聽深夜叩應點歌節目……

收音機傳來了五月天樂團的歌聲。「昨天太近、明天太遠，默默聆聽那黑夜，晚風吻盡荷花葉，任我醉倒在池邊，等你清楚看見我的美，月光曬乾眼淚……」竟然有人跟我一樣同病相憐，並且心有靈犀，真好。

我這才慢慢理解，這段感情已經到了無法挽救的局面，才慢慢體會，這應該就是所謂的失戀。

「哪一個人～愛我～將我的手～緊握，抱緊我～吻我～喔，愛～別走。」隨著廣播，我哼起了他們的新歌〈擁抱〉，朗朗上口。

七

直到我成為瑪莉家中不速之客的兩個月後，也就是昨晚，她突然搭客運北上到我的宿舍。「你沒有這台相機沒有辦法拍攝畢業製作，我想還是當面還給你。」瑪莉用著一種刻意冷淡的口氣，感覺得出來她的情緒壓抑著。

這兩個月以來我一直幻想與瑪莉再次見面的場合，我告訴自己要寬容、聆聽及諒解，但是現實中瞧見她的樣子、聽見她的聲音，曾經做的所有心理基礎建設還是瞬間瓦解崩潰了，我完全無法抑制內心的沉重、怒氣與訝異。

「你們背著我在一起多久了。」我追問，並且置相機於不理。「他有比我還喜歡妳嗎？」我用尖酸的口氣試圖想把瑪莉激怒。

「就分手吧，我喜歡上別人了。」她說。

「你們怎麼認識的？」我哭得一把鼻涕一把眼淚。

「沒有我，你會變得更好的，你可以做你自己，不用再遷就配合我。」她從冷淡轉化成冷靜，卻沒有被我的眼淚感動。

「阿壯介紹你們在一起的嗎？」我繼續追根究柢。

「別再鬧下去了，分手這件事我已經考慮很久了，你答應我吧。」瑪莉說完這句話，逕自整理起房間木板地上的雜物。「他是我哥在軍中的學長。」

我站在原地不知所措，止不住眼淚。

「我把裡面那卷底片拍完了，謝謝你教過我攝影。」瑪莉靜靜地看著我哭，然後再次把相機遞給我。

「你什麼時候才會懂得照顧自己？」接著，她將床上成堆的衣服、褲子一件件攤平、對折。

「對了，我常常會思考，攝影者是否為了讓人感到好奇、驚訝，所以拍下讓人注目的東西，所以越來越多的人物、商品及事件被操控，因為照片曝光之後就可以宣稱是引人注目的，這是攝影的原意嗎？」提出疑惑的瑪莉抽出床單，揣抱著往洗衣機走去。

「我相信照片都是偶然，沒有預設性，無論背後目的。」我無可奈何地跟在她後頭，抽噎地吐出這幾個字，天呀，明明我正被女朋友甩，竟然還要理性地討論影像與現實的關係。只是，我所認識的瑪莉，始終就是這樣的個性。

「那你認為感情也是這樣的狀態嗎？」洗衣機運作之後，瑪莉再到廚房翻出所有鍋碗瓢盆重新刷洗，並且繼續追問。

「對了，排油煙機的濾網是不是換過？」她問道。

「前陣子我媽來找過我，好像她有碰過。」我說。瑪莉開始把瓦斯爐的零件一一拆下清理再裝回去。

「你相信嗎？很多人以為這世界最美好的是相遇，其實不是的，最難得的是重逢。」中文底子深厚的她來了一句耐人尋味的試探。「我相信喔。」瑪莉說。

這個轉折讓我此刻的心情平復、破涕為笑，甚至懷抱希望，希望存在久別重逢的那一天出現。

「我明白了，所以，我們就這樣了嗎？」我微弱的口吻朝向擦亮水龍頭的瑪莉確認，她沒有回音，但是點了點頭。

「明晚是你媽的婚宴，你有打算要回去吧？」瑪莉一邊擦拭流理台一邊問我。

「陪我到明天好嗎？讓我騎車載妳回新竹。」我要求說。

整理放筷子湯匙的抽屜的她，面有難色對我說：「先借我手機，我撥個電話向男朋友報備。」

「等等，我找一下。」我將抽屜打開，拿出原本要送給瑪莉的生日禮物，帶著笑容遞給了她。「無論如何，妳就收下吧！用這支手機常撥給阿壯也好。」

掛上電話，她提議破曉的清晨時分就啟程，我說夕陽餘暉的傍晚才出發，最後折衷正午上路，這是我們彼此妥協後的約定，難能可貴。

擦過眼淚、擤過鼻涕的衛生紙被風扇吹散在地上滾來滾去，她輕巧地在屋子裡穿梭，甚至繞著我的腳掃地，一派輕鬆，凸顯她特有的淡漠，整晚捨不到睡去的我，努力用雙眼紀錄她最後再為我展示的身影。

「就要中午了，回家吧！」這是瑪莉對我說的最後一句話。

大學北上負笈四年，台一線從新莊、龜山、桃園、內壢、中壢、楊梅、湖口、新豐、竹北及新竹是必經之路，中途我固定在便利商店買飲料抽根煙。這次回到新竹，要趕拍畢業展的作品，另外，還答應母親要記錄她的婚禮，這筆六千元足夠我購買沖洗藥水、輸出相紙。

「二十世紀的最後一年真難熬呀！以前的夏天有這麼熱嗎？」瑪莉討厭我抽菸，她在一旁把我當作空氣。我將還沒抽上兩口的煙用指尖彈開，催動了機車油門。

我想唱首五月天樂團主打歌曲〈擁抱〉給瑪莉聽。

「讓我享受這感覺，我是孤傲的薔薇，讓我品嚐這滋味，紛亂世界的不瞭解，昨天太近、明天太遠，默默聆聽那黑夜，晚風吻盡荷花葉，任我醉倒在池邊……」

青春好像就要過去了，我的愛情一事無成，友情也蕩然無存。我穿著阿壯送的牛仔褲，我的十八歲生日禮物，名牌的經典款，右腿的膝蓋位置破了個洞。

我騎著車回頭問瑪莉：「算起來，我有多久沒有跟阿壯聯絡了呢？」

不知是風聲呼嘯讓她聽不見問題，抑或她選擇充耳不聞，不想再回憶與我有關的紛紛擾擾，跨越頭前溪上的大橋，轉過一個右彎，再過了兩個紅綠燈的路口，我們又回到了新竹，抵達這個我眺望、經過、等候過無數次的眷村矮房。

瑪莉走了進去，抱著一箱與初戀有關的物品走出，點點頭示意我回收，換上一件垂綴的絲質洋裝的她，一塵不染，手臂、雙腿、肩膀在陽光下格外白皙，她轉身，背對著我離去，雙手自在地放在身後，優雅而美好。

我放下紙箱，趕緊從摩托車前座的背包拿出相機拍下了這一刻。

「整整四年！因為我們交往了四年！」我歇斯底里大喊，並且與瑪莉的背影揮手道別。

觸景生情，我真該趕快離這一帶遠遠的，眷村的每一吋阿壯與瑪莉都曾經陪著我走過，走過掛滿五瓣橙紅的木棉、香氣芬芳的樟樹林，走過高聳枝葉繁茂的大榕樹，走過一間間小屋，小巷外面的菜市場，走過不再營業的蔥油餅跟水煎包小攤，走過已經搬遷的老王牛肉麵店舊址。

無論走到哪裡，我好像都無法不自責。

八

逃離傷心地，我來到新竹市區晃蕩等待母親連繫，坐在摩托車上休息時，總算她撥電話來了。

「我直接去婚宴會場了，今天突然放棄回家迎娶的橋段，太忙忘記先連絡你，阿樂你相機有帶吧，六千元的酬勞及西裝都放在客廳桌上，鑰匙在信箱裡，晚上就麻煩你把老媽拍得美一點喔！」她一連串的話語沒有喘氣將瑣事交代完畢。

終於，我踏上了回家的階梯，一步一步，小心翼翼，彷彿身分是個小偷不是住戶。我輕按了聲門鈴，雖然拿著鑰匙，但從小習慣按門鈴發出叮咚的聲響，雖然知道沒有人會特地開門，右手卻仍不自覺往鞋櫃上那灰色凸點觸碰。這一年來回家總是充滿恐懼，去年初遇到暴力討債之後，父親逃到中國，離婚後的母親換了門鎖，偶爾因為我要回來才會出現。

母親在離婚前夕曾經到宿舍探望過我。「今天打工累嗎？」她見到我笑著問說。她用這樣的噓寒問暖做完開場白，沒什麼不對，可是我就是很討厭她的虛情假意。

「你的額頭真像你老爸。」她伸手要替我擦乾汗珠，我甩過頭不理睬。母親沒有退縮，繼續用眼睛直視我的額頭，像雨刷般左右來回掃視，然後視線再從眉心、鼻樑、鼻頭滑下，直到人中才停止，再緩緩且不捨地離開我的上唇。

「我們辦好離婚手續了。」母親向我告解，刻意展現她深呼吸的動作。所以我厭惡她矯揉造作展示自己的母愛，說我的額頭跟父親神似，這又如何，根本不具意義，就算我長得跟他一模一樣，你們還是要分開不是嗎？

「我恨妳。」這是我招呼遠道而來的母親的歡迎詞，然後迎接動作就是告訴她約了朋友打麻將要出門去。

直到隔天中午我才返回宿舍，眼前所見環境煥然一新，母親放了一筆錢在桌上，然後留了張字條寫著「我先回家了」。從此，父親的音訊全無，離婚尚未百日，母親已經另結新歡，維繫家庭的責任誰是誰非顯然一清二楚。

明天這個家就剩我一個人了。

關上大門，我從客廳的餐桌拿起信封袋，點了鈔票確認張數無誤，母親添購的嶄新西裝我只瞧了一眼，便走進了父親的房間開始翻箱倒櫃，我挑選了一套很喜歡的西裝換上，印象裡國中畢業典禮他就是穿這件出席。父親的體型比較壯碩，我照了照鏡子似乎有些不合身，倒也無妨。

婚禮就快開始了，我要準時記錄這場對我來說是悲劇的喜宴。

環顧會場，愛面子的母親再婚竟然也席開五十桌，是不是還想大賺禮金一筆。拿了錢還是要好好辦事，我起步前往新娘休息室。推開門，看見我的母親露出燦爛笑容，她伸出手想要抱住我時，很自然的，我往旁邊移過去，假裝要專注拍攝而躲開了這個擁抱，這個珍重再見的暗示。

回到會場門口，我記錄到訪賓客遞送紅包、簽字提名的畫面，良辰吉時到了，慶賀的鞭炮長串被點燃，響聲大作，碎屑灰燼飄散。一時不察的我竟然弄髒相機鏡頭，匆忙低頭擦拭時，聽見婚禮進行曲，抬頭一看，新人進場了。

雖然我恨她，但是這不影響我的審美觀。我站在舞台上，由高處往下拍攝，母親的模樣無比嬌豔，白色花朵的圖案在腰間繫了一大朵蝴蝶結，蓬鬆的黑髮，修長纖細的身材，時髦日迷人的她三兩下就征服了全場的眼光，以及我的鏡頭。

「跟大家介紹，今天的婚禮攝影是我的寶貝兒子。」第二次出場之後，站在台上她拿起麥克風，毫無保留地在全場賓客前揭穿我們之間的關係。她笑容洋洋，揮手示意我站在她的旁邊。

全場響起掌聲。母親勾著我的腰，接著被她口中形容的寶貝兒子狠狠地推開，並且搶走麥克風。

「身上的這套西裝是她前夫的，今天代替他來見證這場婚禮，希望提醒大家一個道理，夫妻本是同林鳥，大難來時各自飛。」我說，帶著輕蔑的笑意。反應迅速的主持人，趕緊搶走了我手上的麥克風，順勢把我拉了下台，他轉身離開時，還特地對我搖了搖頭。

自動門開，冷氣從門的上緣吹送。喧賓奪主之後的我覺得功成身退，脫下西裝，不顧現場的反應逕自來到會場外面抽菸。

「這是結婚場，不是應該回台南老家光宗耀祖嗎？怎麼選在新竹讓大家跑老遠一趟？」我一邊吞雲吐霧一邊聽著身邊賓客的竊竊私語。

「聽說是女方的堅持，真是無理取鬧，而且她還是第二次結婚，有事嗎？」另一位賓客無視我的存在，也答腔表達不滿。想必他們剛剛錯過了台上的一場好戲，不知道女方就是我的母親，你們憑什麼說她的不是，有什麼資格批評指教、說三道四。

這時，讓我想到高中時有一次與阿壯在棒球場的逞凶鬥狠。新竹棒球場的特點就是外野慘不忍睹，座椅不是塑膠而是水泥，草皮不是整齊而是光禿，電視轉播時若要分辨在哪裡比賽，新竹人都知道看外野來判斷就好。清官難斷家務事，我們新竹人碎念一下沒有關係，外地人入境隨俗就好。當我們聽到前面坐在水泥的兩個台北人從開賽到中場休息都不停抱怨球場設備很差勁時，忍無可忍，這感覺像是自己被羞辱一樣。

「關你們屁事，不想來就回家呀。」此時，我很自然地借用阿壯當時開罵的第一句話。我捲起襯衫的袖子，決定教訓他們幾拳，沒辦法，你們不巧碰上老子我的心情惡劣至極。這場喜宴能從悲劇變成一場鬧劇嗎？我覺得還有突破的空間！

「幹，你們是在不爽什麼！」我再爆粗口，但是聲線由大轉小，因為瑪莉竟然神出鬼沒從一旁出現，她走過我的面前，她的眼神尖銳、閃爍著憐憫，讓我感到陌生。我感受到頸際的脈搏砰砰的跳動著，比幾分鐘前站在台上還要緊張。

我想朝向瑪莉追過去，卻被一個強烈、急促的動作阻擋而無能為力。

妨礙我的人不是被我口出穢言的賓客，不是穿梭會場上菜的服務生，而是我的母親。她似乎是從舞台直奔過來，由於速度過快煞不住腳步又踩到裙襬，於是動作像是狠狠把我撂倒著。我們就這樣狼狽地跌坐在光亮大理石地板上。

「寶貝兒子對不起，這場婚宴你就別管它了，這些都不重要，我們先回家吧。」她的臉色一片慘白，在我的懷抱裡泣不成聲。這一次我也不忍心再把母親推開了。

九

距離終結我的初戀、搞砸母親的婚禮又過了一個月，畢業展也順利舉行，攝影主題是「回家」，分成人物及景物兩個系列。

展覽中的人物有著母親婚宴當日的獨照，有著我初戀情人瑪莉的白皙身影，有張是三位孩童拎著便當肩著書包放學同行回家，有張是一對情侶在肯德基的點唱機前依偎，有張是旅人在火車站出口等候的表情期待又略有緊張，有張豆花店老闆殷勤招呼客人的樣貌，還有張老王煮牛肉麵時的一臉汗涔涔。

景物有著我曾經就讀國小的生態池塘，有著忠貞新村的斑駁老牆，有著是新竹中學的操場及司令台，有著入夜的東門圓環空空蕩蕩，有張則是失焦模糊不清的阿壯家中客廳，依稀可以看到少女的形影輪廓……。系上教授告訴我，「作品有接近職業的水平，看得出來構圖用心、充滿力道，顯露出見證、旁觀的象徵寓意，差強人意的是我的照片缺乏細節，未來可以嘗試長期蹲點觀察，找出更多影像的弦外之音。」

畢業展結束，我拍攝的人物都沒有到場祝賀。母親去夏威夷蜜月旅行，瑪莉像是人間蒸發一樣突然遠赴美國攻讀新聞傳播碩士，我也是收到她寄來的包裹與信件才後知後覺。

阿樂　好，

謝謝你送的手機，不過我會把門號換掉，不用刻意聯絡我，我要到美國念書了。受你的影響及鼓勵，我想朝傳播領域發展，去年就拿定主意，只是當時的你遇到家中經濟陷入困境，而後你的雙親又決定離婚，猜不透我的深造你會怎麼看待，索性就不說了，後來是真的忘記告訴你，此刻，相信你會支持我就好。

我捨不得離開這座城市，特別是從小生長的眷村環境，你知道的，我最喜歡聽你說以前與哥哥在這裡的趣事，感謝你的年少記憶及照顧，那段肆無忌憚大談自己的生活、童年、學校、煩惱以及愛情的時光，我永生難忘。

相機是送給你的畢業禮物，也恭喜你考上研究所，很不簡單。這台機型是我特別挑選的（還是很多堂家教換來的，累呀），保證你滿意。當然，也請幫我繼續用影像記錄新竹的流轉，你的觀察細膩、手法大膽，未來一定會把這個城市掌握的絲絲入扣。期待你的大作，對了，我拍的照片洗出來了嗎？不嫌棄的話，請當作紀念。

關於突然到台北找你的原因，不瞞你說，伯母長期都從我這邊詢問你的消息，她知道我們分手、你的畢業展在即，她擔心你的心理狀況，於是拜託我北上一探究竟，我想想也好，趁機會歸還相機。或許是伯母認為我們的關係還有轉圜的餘地，她甚至邀請我參加婚禮，興奮且驕傲地說著由你負責攝影，我拒絕不了她再三請求，所以也就目睹了你在台上的脫序行為。

我總認為，人長大到某一年紀，其實就沒有權利如此天真、無知、健忘及膚淺，真正的成熟，是你能夠面對自己想要改變的事實。命運或許在你身上標註過不幸的記號，但是阿樂你有資格把它撕毀。過去你的雙親在畫上打上一層淡淡的底，只要你願意，這幅畫絕對能夠塗上豐富、美麗的色彩。

於此，我對你當天的表現失望，但也遺憾你生命中有過的磨難，每個人的際遇大不相同，我實在不應該說教，但就像你說的，我有著人生導師的性格，最後還大言不慚寫了信批評你，見諒。不過，這也讓我算是沒有不告而別。

最後，關於我的男朋友，雖然是哥哥的學長，但是我小時候就認識他，他的父親與家父是多年好友，以前就曾來我們家作客，當時我年紀輕，對他沒有印象，直到哥哥新訓結束下部隊，竟然與他在軍營巧遇，有一回哥哥邀請學長來家裡敘舊，是我起心動念，才延續了這段緣分，哥哥也不知情。

我赴美之後，哥哥將調部隊到新竹，你若有回家，希望可以像童年一樣，按門鈴把他叫出來玩耍，這四年的失聯也就微不足道了。無論如何，我期待你們重修舊好。

備註：前幾天在唱片行發現你鍾愛的五月天樂團發行了首張專輯，我買來聽了，但是行李太多太重，放在家裡也可惜，轉送給你。

祝

心想事成、學業順利

瑪莉　一九九九・七

瑪莉在我私闖她家搶走我手中相機之後，剩下的底片都拿去拍了我的家，門口、樓梯、客廳、房間，甚至還有一張是我的母親穿著粉紅色洋裝對著鏡頭裝可愛。坦白的說，那幾張照片很有吸引力，溫和卻充滿敏銳感。總是以為她對攝影沒有興趣、一竅不通，我講的理論、觀念她只是配合著裝懂，左耳進右耳出，豈知，她竟然把重心放在上面，才華也傾瀉而出，一語道破師長給我的暗示，讓人讚嘆。

把信讀了第四回，才明白我無需再自作多情，分手當晚瑪莉形容的願景其實與我無關緊要，她心目中這世界最美好的是重逢，意指的是她與學長，我只是那個相遇。看來鑰匙圈裡的徐若瑄要換掉了，就選張短髮清秀的李心潔吧。

我將窗戶大開，夏天夜晚涼爽的微風不停送了進來，再打開音響，播放瑪莉送我的專輯。突然我好想撥通電話給阿壯，告訴他說，我與你老妹分手了，換我失戀了，要不要陪我去看場球賽喝瓶啤酒安慰我。

手機微微震動，我接起，原來是母親的越洋電話，今天是她夏威夷蜜月旅行的最後一天，她說那裡的太陽比台灣的還狠毒，她曬得好黑、好醜不敢見我，還有當地人偷偷趁老公不在跟她搭訕，她說買了好多紀念品給我，有沒有臨時起意想買的要我快說，她等等就要搭飛機回家了。

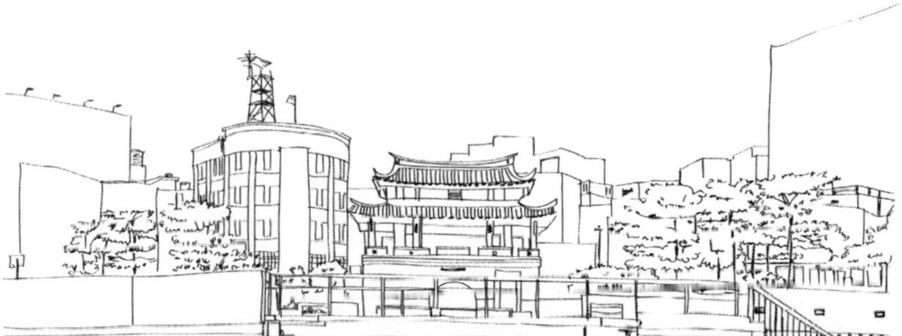

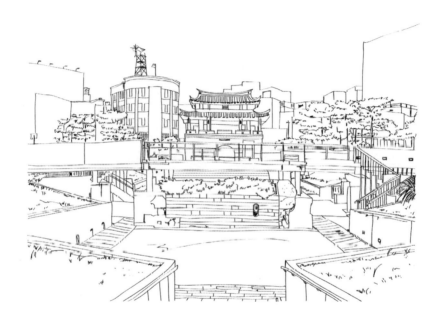

電影院奇遇

一

才正準備上班的我就接到電話，是母親打來的，說她在竹蓮市場逛太久了，來不及開門營業，請我幫忙打點。我猜想她又是跟賣湯圓的大姊聊天忘記時間，這種狀況一周大約會有三天。

二十五歲那年的初夏，碩士畢業的我在二輪電影院上班，因為中秋節就要入伍報效國家，唯有這個短期計時的工作願意收容我。這家電影院的組織很簡單，老闆娘負責售票、賣爆米花及飲料，老闆負責營運及水電，我則是放映及清潔打掃。

老闆娘是我的母親，我則很大牌的稱呼老闆為叔叔。

這家二輪電影院距離新竹市區徒步大約十分鐘的距離，是過去首輪戲院的改建，從前是挨著馬路邊緣的最後一幢建築物，市區繁榮之後，它仍在原地，不過周圍四面八方的房屋已經延伸開來，左邊一間加油站，右邊則是吃到飽火鍋店、KTV、寵物用品館、日本料理店以及台灣第一家薑母鴨。電影院的外牆新刷上淺淺的粉藍色，但是依然一派沒落凋零的模樣。外地人若是聞名而來，不難找到方位，只要沿著婚紗攝影、唯美浪漫、真愛專屬這類的大字招牌前行，就可以看見這間電影院的門口，透著壓克力隔板，就可以向我的母親買票，成人一百元、學生老人七十元、孩童五十元，隨票附贈集點卡，累積十點可免費入場一回。

一張票可以選擇A、B、C三個廳其中一間，每個廳輪流播放兩部電影，下好離手，進出以蓋章在手上作為識別。

今天是星期五，固定會換片的日子，新上映的有《雙瞳》、《見鬼》、《我的野蠻女友》以及《他不笨，他是我爸爸》，至於票房維持不錯的《惡靈古堡》、《蜘蛛人》則是續演。

我對外的頭銜是放映師，乍聽之下很酷，實際的工作內容單調，不外乎放片、剪片、接片、跑片及機台檢查這幾項任務，熟悉之後就像是膝反射，不太需要大腦運作就可以完成。

每一廳都有一間空間狹窄的機房，機房主要由放映機及滾片機執勤，一捲三五釐米電影膠卷由貨運公司送達之後，我會先剪成兩捲，如果片長超過三小時，就必須一分為三，否則不鏽鋼製成的滾筒裝不下底片，滾筒裝得太重，再播放時動作起來容易搖晃，投射到螢幕時影像也不清楚。

把底片架上放映機之後，先要將片頭穿過放映機上的引片器，再把底片直放並對準燈光投射的方框卡住，最後再將穿過放映機的片頭從下方拉出到滾筒，這樣放映完該捲之後，所有底片也會再滾動成另一捲，這時底片的順序是顛倒，再利用滾片機導引迴帶即可。所以每個機房會有兩台放映機，當第一捲播完時，放映機偵測沒有底片滾動，燈光便會自動熄滅，另一台放映機則會自動點亮並開始運轉。最擔心的就是底片斷掉（燈泡燒掉更麻煩，我運氣好還沒遇過），此時就要開燈並廣播向觀眾道歉，趕緊再用膠帶把兩截斷片黏貼修復，底片重新上架並繼續播映，但是如果有觀眾投訴要求退票，我們的做法是以客為尊、照單全收。

通常把底片在放映機上架放妥之後就不太會有狀況發生，我會躲在機房偎著昏黃的燈光看漫畫，或者透過深綠色的百葉窗，捕捉從縫隙裡透進來的光線，默默觀察欣賞電影的人群。如果販賣部需要幫忙，母親則會撥電話叫我協助。

按照這幾個星期的模式，有位老先生肯定周五一早就來報到，然後只要他看完新上映的電影，就會趁我工作空檔時閒聊鬼扯。爺爺說我很像他的孫子，簡直長得一模一樣，而且膝蓋都有一個很大的疤痕，不過他孫子的傷口是小時候就造成，我的則是前幾個月騎機車擦撞的新傷，把阿壯送的牛仔褲磨得更破舊了。

剛開始上班的前兩個星期，總覺得要面對這位老先生很苦惱，每當他駐留在機房門口前的座位等著找話說，我就很無奈，礙於對待客人要有禮貌，我還是會客氣的打招呼，但是一對到眼神，就能深刻地感受到他訴說往日情懷的殷殷期盼，接著，只要有類似回應他的點頭反應，台灣民間傳奇故事就此登場，沒有一時半刻難以終了。

就在我開始上班的第五個星期五晚上，他又來到戲院看了電影，末場結束時，我打掃座位時發現他的雨傘忘記帶走，於是急忙衝出去尋找他的身影。

我沒看錯，他正在跑步，步伐大而穩健，可能是專心調節呼吸，他完全沒有注意到我的出現。我是騎著機車追上去的，然後尾隨著他。

二

老先生的家是座三合院，位於千甲路和水利路交會處附近，是一條路的盡頭，被一大片矮樹叢團團包圍，旁邊是雞群及幾棵果樹。門是開的，裡面是亮的，一位老太太弓起背，坐在院內的搖椅上，刷洗著正在喝水的老狗。

一旁的廂房已作為簡易倉庫，整齊擺放了圓鍬、鐮刀、麻繩、水桶、紙箱以及各式各樣的農用工具，躺在地板上的幾隻小狗也在慵懶一瞥後閉眼繼續沉睡。老太太放下手上的水勺，點頭與我示意，老先生則是揮手要我走進來。原來他知道我的跟蹤。

「怎麼還把電影院的小夥子帶了回來。」她說。抖去身上水份的老狗，興奮地奔回倉庫的角落旁，靠著一隻膚色相近的小狗而趴睡。

「您先生的傘忘記帶走，我就送了過來。」我猜想他們應該是夫妻。

「阿樂你先坐下吧，等等陪我去附近農田走走。」老先生說。

「喔，好的。」老先生的眼神誠懇，取得我的好感，突然有股念頭，這把傘是不是他故意弄丟的。

老先生的捲髮修剪得極短，蓄著灰黑色的山羊鬍，瘦骨嶙峋，但是雙腿的肌肉結實發達，儘管他的年紀老邁，渾身上下散發的氣息很有男子氣概。老先生站起身，取下掛在門邊的黑色夾克為我披上，提著探照燈帶我往農田走去。

視野在安靜的步伐裡逐漸開展，農田看似空曠大地，四周有著樹叢遮蔽，上方呈現出錯綜複雜的星空。這裡的天氣與環境讓人心醉神怡。

「這裡舊名叫九甲埔，在清末是個聚落，附近的家家戶戶多半住在磚造的三合院，務農種稻營生。」老先生指著農田說。

「最近的夜晚大雨不斷，令人措手不及，也讓尚未收割的稻子倒伏，你看看那邊，就是我早上拚命收割的成果，所以今天才去看晚場的電影。」

「看天吃飯，走一步算一步啦！」老先生的口氣無奈。

「你的體力還不錯吧，陪我跑步怎麼樣。」我還來不及反應，老先生已經伸展著四肢開始熱身。

「可是！」沒有準備的我話吐出來一半，他已經邁開了腳步，朝薄霧中遠方發亮的燈光前進。

應該也跑不了多遠，我想，只好跟隨上去。我們逆著風向前行，老先生偶爾放慢腳步，偶爾高舉右手揮舞為我打氣，我們的身影經過郊區巷道，繞過中油油庫，直到寬敞的柏油路變成凌亂無章的泥土路，再沿著頭前溪奔跑。等到汗水浸濕了衣物，我才知道追上他沒有想像的容易。

「左邊數來第二棟的公寓有一層也是我的房子，地點是我老婆選的。」他指著前方彷彿積木的物體對我說。

「那一棟嗎？」雙手還撐在膝蓋休息的我使勁抬頭望著老先生指出的位置。

「是呀，那可是收穫的農作物一點一滴累積換來的心血結晶呢，現在先租給了別人。」老先生說。「雖然雨量充沛，但是你注意那小溪已經瘦成一條流水，時序若是來到夏末，大地濕潤，清晨亮彩無比，通常就會是豐收的好年。」

「阿樂，你喜歡這個地方嗎？」他問。

「喜歡呀！只是我沒有踏進過農田，也不曉得這裡的夜晚這麼漂亮，太可惜了！」雖然慢跑不是我擅長的項目，腦袋缺氧也還不至於妨礙思考。對於眼前的風景、腳下的土地，我一直有著濃厚的情感。

「這裡美好且充滿熱情，儘管意外與橫禍的跡象隨處可見，我們卻知道唯有泥土、天空還有海洋是最重要的寶藏。」老先生把眼光從遠方轉移到我身上，然後點頭說道。此時的他流露紳士氣質，感覺是個飽讀詩書、自命不凡的文人雅士，與我所理解的農夫的氣質有著落差。

「這些事情相信你以後就會明白。」他對我說，帶著微笑。「來吧，我們再往前跑一段路就折返回家。」老先生說。

「好呀。」我隱約聽得到水流拍打石頭的聲音。

「來到河邊，風會增強，緩慢穩定地跑就好，不要躁進。」老先生擋在前方阻風，並且大喊鼓勵著我。折返之後，老先生陪著上氣不接下氣的我慢下腳步，再帶我走到三合院的門口，騎車返家的路上，黑夜裡的點點星光更明亮了。

後來的我，也因為這次際遇養成慢跑的習慣。

三

根據母親的指令，我先到一樓拉開鐵門，再依序開啟地下室及二、三樓的廳門，然後我必須加快動作準備A廳的放映。接下來，再按照上星期叔叔交辦的配片組合播放，《雙瞳》、《見鬼》是恐怖片，所以選在地下室的C廳播映，加深觀眾的陰森恐懼感。《我的野蠻女友》、《他不笨，他是我爸爸》安排在三樓最小間的B廳，至於票房不錯的好萊塢洋片《惡靈古堡》及《蜘蛛人》則是維持在可以容納二〇〇人以上的二樓A廳。

港片、韓片都有上映，但是國片超過一個月叔叔都沒有購買電影版權播放了，票房太差是最主要的原因，這也讓傳播系所出身的我憂心忡忡，只怕未來的就業市場更慘澹。一九九八年好萊塢電影在台灣的配額和拷貝限制先是全面解禁，緊接著去年，也就是二〇〇一年更是門戶洞開，因應加入世界貿易組織WTO，立法院竟然通過了「電影法」中刪除了「國片映演比率」和「對外片徵收輔導金」的條文，自此，好萊塢強片幾乎壟斷市場。

難以想像的是，這兩年的國片更像是病毒一樣，每家首輪戲院敬而遠之，就連二輪戲院的我們也不太敢嘗試，畢竟多數觀眾不買單。

我將A廳的場內燈光部分開啟，只需要昏昏暗暗讓觀眾找得到座位就好；昨夜沉悶的空氣還沒流通，我打開空調，轟隆的聲響運轉，想到老先生跟我抱怨過冷氣總是太強，我順手先調高了溫度，這樣他等等進場就不會覺得太冷了。雖然成了朋友，我偶爾還是想逃避他的碎嘴。

與老先生結束了漫長路跑考驗的隔周五，他果然又出現了，他愉悅地表示，又多了一個看電影的地方，他到新成立的影像博物館擔任志工，那裡三不五時就會播放《梁山伯與祝英台》、《養鴨人家》等等懷舊老片，而且市民還免費。我總覺得他是在建議我們這家二輪戲院轉型成慈善事業。

入場前的他，突然想起要我注意老太太今天會來送便當，我問她怎麼來，他說應該是用走路。這怎麼可能，抵達時差不多可以吃晚餐了吧！

「只要你願意相信，這件事就有可能發生。」老先生語畢，自動自發打開爆米花的隔板，舀了一大杓倒入他準備好的透明塑膠袋，搭了電梯往三樓去。

關於老先生與他兒子的愛恨情仇，故事的前半段我是從老太太口中得知的。

那天下午一點左右，就在老先生繼續在B廳觀賞另一部電影時，我正思索著老太太到底會不會來而去門口張望時，令人感到不可思議，汗流浹背的她提著便當，整頭的白髮都濕透了，模樣彷彿是從水底浮起來，但別於出水芙蓉的美麗，非常狼狽。

她不介意外表形象，沒有稍作整理儀容就走到我面前，她說便當是特地做給我吃的，感謝我那天特地送傘，她緊握住我的手幾秒鐘，笑呵呵表示我長得跟她的孫子真的很像，可惜上週太晚她視力不好沒得看得清楚。原本她還要摸一下我膝蓋的疤痕感受一下，被我拒絕了。

「那您的孫子呢？」我問。突然感覺順序不對呀？我應該是先問兒子吧！

老太太敘述之前，順手拿起了堆疊在一旁的飲料杯放在機台的下方選了可樂押下按鈕，她喝了半杯，感受冰鎮涼意退卻了長途跋涉的勞累，而記憶的潮水似乎輕輕向她襲來，前仆後繼，她打了嗝，故事就開始延續。

「那是大地持續乾苦的年頭，退伍後我們的兒子說要去大城市闖名堂，於是瞞著我們買了火車票，他甚至將家裡存放的所有積蓄也偷走。」老太太說。

「他的父親一直期望兒子去當志願役的軍人，但是他認為自己念了書有大好前途，反駁父親食古不化，吵著說要去台北奮鬥證明自己的能耐，不甘心就把青春耗盡在這鳥不生蛋的地方。」

「原本我還想跟他的父親溝通，可是只要我先生講到從軍報國時的眼神就完全不同，那期望兒子走上他規劃的人生道路之強烈，好像做了再大的犧牲都是值得，都是必須。」

「才十九歲的年紀，他就這樣離家出走了。」老太太的語氣充滿無奈，我接過她遞來的紙杯，挑選了檸檬紅茶幫她裝滿。

「他們父子兩個性子都很急，或許也是對夢想執著。但是有一天我先生受不了，打算偷偷去找兒子，不過他死要面子，怕搭火車會被人認出來，加上他又想省錢，所以就跑步到台北去，天未亮就出發，直是異想天開。」老先生原來累積了數十年的雄厚實力，我終於恍然大悟。

「從此之後，他就很愛跑步，越跑越快、越跑越勤，逮到機會或農閒就跑步到台北去找兒子，只是他始終否認，死鴨子嘴硬。」

「沒有任何線索，我先生的行為就像大海撈針，孩子依然無聲無息。」老太太嘆了口氣，不是因為百里尋子的失敗，而是老先生後來無謂的堅持。

「其實後來有個轉折出現，雖然不是他回家，算是他透過郵差帶來消息，信封內裝著喜帖，兒子邀請我們兩老到台北參加他的婚禮。」老太太說。她將右手伸進皮包抽出深紅色的喜帖，看得清楚曾經有過皺摺。

「這是兒子離家五年後寄來的帖子，我很珍惜，只是沒想到這個舉動沒有換來和解，我先生不滿他擅作主張，口中不停嚷嚷是誰允許他自己挑媳婦，一怒之下，把信封及喜帖揉成一團丟了，當時的我儘管又哭又跪哀求，我先生也不讓我去台北參加婚禮。」我看了一眼信封，發現儘管年代久遠，寄件人的住處地址依稀可見。

「如果有機會，台北你比較熟，幫我打聽他的下落吧！」她把喜帖遞給我說。

老太太談起了往事，一把鼻涕一把眼淚，她說要緩緩情緒，開了爆米花的隔板，也舀了一大杓倒入她剛剛用來裝飲料的紙杯，問了老先生在三樓，她說不想碰到他，於是走樓梯到地下室看電影去。

離開前，她再問了我說：「我先生那晚肯定帶你去看了一間房子吧？那是他買來給孫子。」我點了點頭回應，這才意識到，他們都說我長得跟孫子很像，所以或許他們的兒子後來返家過嗎？而且還帶了孫子一起回來？

四

「我們終於等到孩子回家了，很不可思議的一天，就像我先生的座右銘，只要你願意相信，這件事就有可能發生，只是，我還是覺得很遺憾。」我準備將《惡靈古堡》的底片架在放映機上，想起了老太太最後跟我說的這幾句話。

老太太那天在地下室看完一部電影之後，上樓沒遇見我，她就先離開了。回家的路上她意外發生車禍，被一輛沒注意路況又紅燈右轉的汽車擦撞倒地，老太太的後腦嚴重受到撞擊。老先生直到警察及里長找到電影院來才知道這個噩耗。肇事者逃之夭夭。

晚上等到戲院關門，心急如焚的我也去了署立新竹醫院一趟。病房安靜無聲，老太太躺在病床，老先生靠坐在椅子，他先是告訴我醫生表示情況很不樂觀，然後對我說了故事的後半段。

「我一直相信，兒子會回來的，總算被我等到了那一天。」老先生說。「十三年前了吧，他帶著即將國小畢業的孫子來看我們。」

我心算一下，老先生的孫子差不多就是我現在的年紀。

「兒子帶著寶貝孫子突然出現，他告訴我們，台灣的治安環境不好，升學壓力太大，要讓孩子到國外念書，他心想，總要讓孩子見過自己的爺爺奶奶，所以回家了。」

我心想這是意想不到的團圓美滿結局，殊不知是老先生吝嗇展現他的親情，或者是表現錯了方式。

「我對著孫子說出國念書當然好，以後作個科學家，可是無論如何，都不要忘了自己的身分，絕對要回來當兵。說完這句話，我那個不肖子就心虛、生氣了，竟然當著孫子的面向我怒吼，然後他們就離開了！就這樣離開了，是不是很誇張！」他說到這裡，情緒激動了起來。

「我這樣說有錯嗎？」老先生問我，我無言以對。

「算了，在她面前不提這事了。陪我跑步怎麼樣？」他說，我點了點頭。

天氣乾爽，明月高掛，從署立新竹醫院往市區的方向我們慢跑，經過深夜依然五光十色的廣告看板，電線桿出現的頻率像是一種節拍，固定得讓人覺得有種被跟蹤的壓迫感，偶有砂石從經過車輛的輪胎下激射彈出，嘴巴盡是塵土的味道。老先生的表情宛如盾牌，短曲的頭髮彈跳著，這次我不再一路尾隨，而是互有領先的拉鋸戰。

大約兩個鐘頭的較量，老先生拍著我的肩膀示意比賽結束。

他大口喘氣，走到路旁便利商店買了礦泉水跟餅乾，接著是從老先生嘴巴傳來咀嚼的爽快聲音。

「還可以嗎，小朋友？」塵土瞬間隨風揚起，老先生瞇著眼睛說。

「有什麼問題，這兩周我每大都有練習。」我說。

「阿樂你當兵了沒有！」老先生拉起被汗水浸濕的袖子，嗓音充滿了對年輕人的鼓勵。

「剛從台北念完研究所畢業，拿到兵單了，但還真不想去當兵入伍浪費時間。」我打開礦泉水大口灌進嘴巴。「這個年頭，不會有人想把青春年華用來報效國家了啦！」

「是喔，不想當兵，不想當兵⋯⋯」老先生低語重複著，搭配著遠方荒涼暗沉沉的地平線，話題像是把放影機按了暫停鍵，無聲靜止。

「晚了，先回去照顧你太太吧！」我為了打破僵局而說。

「你在台北念書，我也好久沒有再去大城市瞧瞧，景致應該跟以前完全不一樣了吧？」老先生用布滿細密血管的手勾著我的肩膀。「畢竟我連年輕人想些什麼我也不知道了。」

再回到病房，迎接我們的卻是醫生、護士的愁容，以及老太太的最後一口氣。面對老伴的離開，當下老先生的反應卻是異常冷靜，我徵求他的同意，回到機車的置物箱拿了相機，為老太太拍下遺容。

五

冷冷清清、空無一人的A廳在十點按時播放了《惡靈古堡》，甚至連我都得消失，我要趕到地下室C廳的機房準備十點二十分放映《雙瞳》。經過一樓販賣部時，我看見母親已經把爆米花和飲料機都準備好，她指著桌上的潤餅及飯糰要我先用餐，我拿起了便當盒裝著吃，那是兩個月前老太太留下來，我來不及歸還。

小時候的我在苗栗大湖鄉待過一段時光，是由外公、外婆照顧，印象中外婆手工製作的蘿蔔糕最好吃了，長大後我幾次隨口問了母親怎麼再也沒有回去外公家，她的答案簡潔有力，就是說沒有必要了。是他們過世了，還是感情交惡，決定老死不相往來。我一直得不到答案。

不過我知道爺爺奶奶在我生前就已經相繼過世，他們葬在新竹竹東鎮的山上，沉睡在一座基督教墓園，父親還在台灣時每年都會去掃墓，母親改嫁後的這幾年，就再也沒去探望過。

外公外婆下落不明，爺爺奶奶過世得早，所謂的祖宗三代團圓和樂的場面我從來沒有感受過，逢年過節就是全家三人去餐廳打牙祭，反而好羨慕當時阿壯他們家住在眷村好熱鬧，總是邀請家家戶戶聚在一起吃團圓飯。

咀嚼著飯糰，我又懷念起阿壯母親的好手藝了。

老太太過世的那天夜晚，我又做了一場惡夢，夢中的父親像是被鑲嵌在底片上，被放映機投射在遠處，黑暗中我拿捏不了距離多遠，只是單純確定他是站著面向我，他的眼神是帶有攻擊性，像是冰冷尖銳的細針刺入我的皮膚，他就這樣凝視著我，沒有其他動作。這樣的片段越來越頻繁在我的睡眠中作祟，父親的眼神永遠停在那個畫面，我思考著，唯一有差別的，似乎是黑暗的隧道越來越長。

明明清楚知道不是真實的場景，但是半夢半醒的我無法抽離，反而更是害怕，驚嚇而甦醒的我張目發呆，不知道是否因為晚上跑步的路程太長導致運動過度，感覺自己的心臟狂跳無法減速，太痛苦了，我使勁地搖頭試圖抖去自己的緊張。

下床，我將身體打直靠在冰冷的牆角，拿起手機想查閱時間，卻又無法不想起一年前我選擇掛掉的那通電話。

那是個熾熱的初夏正午，雲層逐漸密布靠攏。我在騎車回宿舍的路途盤算著還可以翹幾次課、需要交幾份報告，又還要準備幾科期末考，右手催油門，左手按煞車，指頭不夠算數，正要畫下等號求得答案時，手機不巧在牛仔褲口袋振動差點掉了出來，我只好趕緊接聽。

雷陣雨下得突然，我將機車牽至騎樓，剛才在腦海裡就要構成答案的數字突然飛到九霄雲外，加上褲子被經過的車輛濺濕，心裡一陣烏煙瘴氣。我把衣服拉高擦拭臉頰的雨水，用肩膀把手機靠在耳朵上接聽。他喊了我的名字，是父親從中國撥來的國際電話。

我輕輕地閉上眼睛等待，靜靜地聽著手機那方傳來的聲音。

聲音一聽就知道是我的父親，卻像是曾經因為考試所需記誦的八國聯軍、元素週期表，忘不掉了，但是對於人生道路的前進卻一點也不重要。甚至我感覺到聽見關於父親的任何風吹草動都會氣憤。

他先問了說「兒子，你最近還好嗎？」我久久無法開口，沉默擴展形成汪洋大海而我們盲目漂流，儘管能用耳朵確定對方的存在，但沒有辦法拉近彼此的距離，突然間失去言語的能力。我沒有回答，因為我沒有答案。當下思考著他怎麼會有我的號碼，一時反應不過來也沒多問，可能是母親透露的吧。

「少了你，我們過得比從前更好。」我閉著眼睛對話筒說著，眼前的黑暗不停拉長，聲音卻沒有因此減弱，我好想拿起地上的石子使勁往父親身上砸過去，但再也沒有辦法傷到他分毫，因為現實已經如此遙遠。只是我多想讓他知道我是有感覺的，我是在乎的。

接下來不再有任何對話，我等著雨歇，也分不清誰先切了電話，幾乎同時吧，這樣想著，我也不會內疚了。我把手機放進了口袋，連號碼都沒有多看一眼。

然而，轉眼老先生與我置身嶄新的時代，只是對於父子關係的疏離，拉近彼此溝通的距離比獨自奔跑在漫漫長路來得難以莫測，也更為困難。

六

已經正午了，A、B、C三廳的第一支片都播映完一次，老先生還是沒有來電影院，我有點擔心，想著是否撥個電話詢問安養院。客人突然一多，忙著販售爆米花的我打算再等等，稍晚他應該就來了吧！他說好今天要與我道別的。

老太太過世後的那陣子我只要戲院下班，就會到設在殯儀館的靈堂找老先生，我一出現，他就會要求一起跑去成德國中的門口眺望夜景。就我的觀察，那幾天的老先生精神不錯，情緒也沒有出現異狀，總覺得他把心情調適得很好。

一個多月前，他選了好日子，在老太太過世的第七天舉行告別式。我在上班之前趕去公祭，也上了香。因為趕著回戲院，我沒有特別與老先生打招呼。下午，母親用著急而尖銳的聲音把我從地下室叫了上來，原來她接到警察撥到電影院的電話，而且指名要找我，說是有個老先生在萬華附近的派出所需要協助。

一個半鐘頭之後，叔叔開車北上載我到了派出所，因為電影院光靠母親一個人忙不過來，他把我送到門口就直接回去了。

「小哥，你是他的孫子吧！過來這裡先喝個茶。」老先生右手緊抓著椅背，表情透露著不安惶恐。我繞過大廳的值班台走到會客室，視線始終都沒有離開老先生。我希望用他熟悉的眼神幫助他，舒緩他的情緒。

「這是我們第一次遇到有人跑進捷運站，還想進到列車運行的隧道裡面。太危險了吧！」警察先生倒了杯茶，推到我的面前。

「真的不好意思，造成你們的困擾。」我說。原來是這麼回事，雖然有點誇張，不過我倒可以理解老先生的行徑。

「他一直不肯說話，好像也記不得親朋好友的電話，只透露了你們家電影院的名稱，好險聯絡到你這個孫子可以過來把他領回去。」警察張嘴微笑。

我喝了口茶，泡得過濃，苦味也太重，熱得差點燙到喉嚨。

「謝謝，我這就帶他離開，下次不會再有類似的情況。」我起身說道，警察先生伸出厚實的雙手準備與我交握。

離開會客室，繞過大廳的值班台。傍晚的夕陽依舊溫暖，老先生站在路旁的身影悄悄縮至腳邊，我將他扶到行道樹的陰影處，看著街道車水馬龍的我們無話可說，背對著剛剛離開的派出所，幾隻不知從哪裡出現的鴿子突然飛過。他的身上都還殘留著告別式場的氣味，送別自己的髮妻，哀傷的老先生應該是想到台北尋找兒子。

「他會想家對吧！」老先生語帶疑慮地問我。

「會呀，我從新竹到台北念書也會想家。」

「還記得我跟你說過嗎，泥土、天空還有海洋是最重要的寶藏，但是沒有人懂得珍惜。」老先生嘆了口氣繼續說。「多少農家子弟總是急切企求脫離辛勞貧苦，只是享受過繁華就再也無法純樸。」

「這幾年來他連一封信或一通電話都沒有，我後悔了，可是也想不到其他方法，只能繼續苦等。就算沒有體力再種田，我也不會搬離原本居住的地方，如果哪一天他或孫子想回家怎麼辦。就算他們不想一起住，我也買好另一幢房子了呀！」老先生一口氣說到個段落，接著一陣深慮的沉默。

「只要你願意相信，這件事就有可能發生。這不是你的名言嗎？」我脫口而出。

「我想是有辦法可以找到你兒子喔。」

「如果可以，倒是幫我的太太看看這孩子過得如何。」老先生思考了片刻，開始自問自答。「他這個年紀工作一定很忙碌，怎麼可能有空回家，寫信就好，寫信就好。」

「嗯，那我知道了。」我點頭示意。老先生的眼光凝視著前方，沒有對我的出現或聲音有任何反應。過了一會兒，他才回神過來。

七

「所以你真的跑進龍山寺捷運站的軌道喔！」我追問今天的鬧劇是如何揭幕的。

「以前我就是沿著鐵路跑，遇到隧道也是進去再靠旁邊就好，這路線最快你知道嗎？誰知道台北的什麼捷運不讓我跑。」老先生依然沒有歉意。

「有沒有這麼厲害，你體力還可以嗎，我們來較量怎麼樣。」我試著轉移話題。

「小伙子，我就在等你這句話。」老先生蹲下去鬆開鞋帶然後再次綁緊。

「我們一起跑到客運站搭車吧！」我說。

坐在巴士返回新竹的路途中，我詢問老先生為何如此堅持跑步上台北。老先生看著窗外說：「說來話長，她一直以為我是為了省錢，其實我喜歡跑步流汗之後抒發壓力的快感，另外，每每體力透支到了極限，我就會想到父親。」

「國共戰爭知道吧，因為戰亂，我被母親帶來台灣，從此與父親分開，我對他最後的印象是在我大約十歲時，他正好隨部隊調動回到家鄉，那幾天我們形影不離，別的軍人回家就是休息，我父親完全沒有懈怠，他不停在田裡農作、除草，當時我們家窮得很，稻穀豐收與否對生活有很大的影響。」

「還沒等到農作物成熟，竟遇到我生大病，幾天高燒不退，儘管家裡手頭吃緊，父親還是背著我，使勁地跑到鎮上帶我去看醫生。那段路好遠呀，還得穿過兩個隧道，幾年前我返鄉探親自己也跑了一回，竟然費時兩個多鐘頭，更別說當時他還要照顧孱弱的我。」老先生感傷地說。

老先生從懷裡掏出一張紙，是他父親捎給妻子、也是他母親的最後一封信，寫著要他們盡速到台灣安頓，並承諾要在這座小島碰面。

「隔年就收到噩耗，父親的同袍撤退來台並找到我們轉達，他在戰火中不幸罹難，當時的我無助、難過、失望卻找不到方式發洩，實在壓抑不住痛苦的情緒，就沿著馬路使勁跑、拚命跑，我閉上眼睛，就好像進入到他曾經背著我跑過的隧道深處，甚至感覺到當時空氣潮濕與岩壁冰冷的感覺，漆黑之中，卻能讓我思緒穩定下來。」他繼續說著，將信收了回去，摺疊得小心翼翼。

「後來，只要農作之餘我就會跑步舒活筋骨，然後看著這片土地欣欣向榮，就想到父親的奮鬥與毅力。好像所有跟父親互動的往事都可以在黑幕重新上映，前進再倒退。」老先生說著，對我相視而笑。

「下一次跑步我也嘗試閉上眼。」我說。

「對於孩子的嚴厲訓誡，當時的他總是抗拒，他如果也養成慢跑習慣，不曉得會不會理解我的用心良苦。」老先生摸摸我的頭說，「你可以體會嗎？」

我笑而不答。

「你長大就會明白。」他的笑聲直率而爽朗。「或者為人父親時就會明白。」

客運停在清華大學的校門口對面站牌，我們一同走到了忠貞新村，道路只剩偶爾的車光閃過，帶著細沙的風逐漸增強，沿著下坡再往千甲里的方向前進時，老先生說他自己回家就好，耽誤我一天的工作已經夠不好意思了，毫無遮攔的皎潔月光下，他的雙眼閃出晶瑩的淚光。儘管如此，我只能目送著他迎向漆黑道路，直到老先生的身影縮小變成如指甲大小的形跡，我才離開。

八

《蜘蛛人》散場了，我檢查著A廳一排排的座位是否需要打掃，有幾位當兵放假的軍人買票，很好識別，寬鬆T恤、淺色系牛仔褲，以及像是春暖大地萌芽的短髮。明天我也會是這個造型了。母親提醒我說他們帶了肉圓、滷肉飯進場，味道很香，但是弄翻了清潔起來很麻煩。

我也趁機尋找老先生的身影，會不會是我在機房時錯過他。我看了販賣部後方的掛鐘，已經超過兩點了，他比前幾周都晚到了。

老太太告別式、老先生闖入台北捷運的隔天，我又跟老媽請假了，騎著我熟悉的台一線到台北執行尋人任務。先是從老太太提供的喜帖找到他在台北的住處，雖然按了門鈴沒人回應，但從幾戶鄰居中順利打探到他公司的地址。

距離不遠，運氣也算不錯，我在調查到的地址附近停好車，立刻發現一位與老先生的兒子年紀相仿的成年男子出現，而且模樣和老先生神似，他抽著一根細煙，注意到我頻繁的眼光投射。我主動走近朝他興師問罪。

「你的老家是不是在新竹！」我語氣尖銳地詢問著。

男子沒有說話，將掛在手上的香菸拋到腳邊然後踩熄，彷彿什麼都沒有聽見，指尖輕壓著眉毛上下撫摸，露出輕蔑的笑容後轉身就走。

「你真的不打算回去探望父親嗎！」我幾乎是激烈地喊叫著。「你老媽死了，都是因為你這個不肖子。」

男子沒有答話，卻迅速地回頭往我的面前衝刺，平舉著右手向我使勁揮出一拳。

「啊！」我瞬間反應將雙掌擋住顏面，眼睛緊緊地閉上。那陣漆黑之中，我沒有感覺到任何痛楚，反而意識到這一拳是男子代替我的父親來教訓我，從隧道的遠處奔馳過來，灑出狂風暴雨般的鐵拳。

「從小到大，我的父親都是這樣教育我的。」男子說著，而他的拳頭早已收回，伸進了襯衫口袋，準備抽取菸盒裡的卜 支。「打從我有記憶以來，都只有體罰沒有鼓勵，無論我表現得再好。你能夠體會嗎！」

「嗯！」嘴巴回答著男子，我思索著自己的處境。也許我跟父親誰先給對方一掌、一拳或一腿，至少無形的距離拉近一些。但是我選擇掛上了電話。

「你長得跟我兒子有點像，你幾歲了！」他問。

「快要二十五歲，跟你的孩子年紀差不多大吧。」

「我還沒有到你這個年紀就離開故鄉了，搭著火車。」男子淺淺地冷笑，不過態度是和善的。

我將與老先生邂逅的經過以及老太太上周不幸的消息娓娓道來，男子一個問題都沒有，就是抽著菸聽我敘述，中間他有遞菸給我，但是幾年前我就戒掉了。我時而想著，到他這年歲的我會是如何呢？記憶中與家人相處的興高采烈，會是被時間給沖淡了，變得枯燥無趣，還是當作從來沒有發生過。

「這陣子在中國的工廠出貨一直有問題，出差回來我再找時間探望他，」男子的聲音低沉而堅定。「唉，孩子出國念書很花錢呀！」

「今天真的打擾了，先前態度有不好的地方還請見諒。」我說。

「我回去工作了！」男子把腳邊煙蒂踢進水溝。「後會有期。」

「謝謝！」我脫口而出的回應，然後男子頭也不回地高舉右手揮著，走進了屋內。我總是相信他會回家的，只要我願意相信，這件事就有可能發生。

與老先生的兒子見面之後，返家的路上騎到湖口接到母親的電話，她說，老先生的身體好像出了狀況被送進醫院，後來情況穩定了轉到安養院。她給我了地址，說今天大優待給我放有薪假，要我買盒水果去看老先生，不需要趕回電影院上班。

九

我輕盈地轉動門把，試著不去驚擾到門後的未知景象。

空氣彷彿凝結，整個房間沒有一點朝氣，讓人不禁感到呼吸困難，而浮現在我眼前他的身型，像是脆弱無力將熄的火柴。我回憶著兩個多月前的際遇，電影院、老先生、老太太及他們的兒子，按照時間發展整理片段。

老先生的眼神直落在我的臉龐，像是在我的五官之中尋覓著遺失的過往。窗戶外遠方丘陵的線條在夕陽餘暉下點綴著橙紅色，這裡鄰近空軍基地，清晰可見軍機翱翔天空。是個舒服的天氣，換我抓起了床邊的黑夾克給老先生套上。

「走吧！我們到外面晃晃。」我笑著提議，希望老先生能接受。「這裡太悶，讓我喘不過氣，也不適合你繼續說故事。」

老先生欣然下床，然後給了我一個結實而溫暖的擁抱。

「今天再仔細瞧你的長相，還真的一個模子刻出來。」老先生看著我，而我用手扶著老先生的雙肩端視，箭頭般的眉毛，削短且捲曲的頭髮，彷彿能看進人心坎的眼神，他們父子樣貌神似，更符合遺傳的還有鐵石心腸的個性。

「今天我們休息，不跑步！」我對老先生說。「回你家去看看，超懷念的，順便把狗狗讓我帶走照顧吧。」

走入田埂，老先生與我再次觀望著曾經一起揮汗奔跑過的路途，落日之後，大地寂靜，天色變黑進入了夜晚。

「再走去右前方的農田好嗎！」老先生突然開口。

我們停靠在筆直的路旁，農舍的入口竟然還有狗屋，老先生的狗兒帶著頸鍊高昂地吠了幾聲，老先生用手撫摸牠的脖子周圍之後，立刻乖順且滿足趴伏在地上。

「以前這裡長滿了各式各樣的青草，有純淨豐沛的水源，現在的土地一踏就碎，又乾又硬，適合耕耘的泥土都僵化成塊。」順著斜坡往上，老先生帶領著我邊走邊說。

「誰還會想留在這裡呢！誰真的喜歡這個地方！再也沒有人關心這塊土地，對吧。」老先生自問自答，語氣充滿著自責與怨憤。我始終沉默，才發現走到了一個破舊的穀倉。

老先生摸黑走至裡面，月光穿透雲霧而過，照在長柄大鐮刀的尖鋒上。他倚身靠在倉庫門邊，拿著沾有污泥的金屬薄片使力拋向天空，飛行的軌道彎曲而銳利，落地後硬生生插入草皮，老先生彎腰再拾起另一片送上天際，接二連三。我往穀倉走近，望著老先生淡淡的影子。我還牢記著他對此地瞭若指掌的介紹，只是，仔細查看壯觀農田的周圍，其實充斥著視而不見的廢棄物堆積，以及飽受污染的河川，或許可以想像，未來的這片土地將有更嚴重的傷害與毀滅。

遠處的煙囪在夜晚排著異常氣味的白煙，我們朝西邊眺望，河川描繪著一條和緩的纖細曲線，兩側盡是厚厚的綠林覆蓋，更遠的山勢，被綠葉上了色彩的低矮山群波浪般起伏，眼前的景象應該是壯觀而讓人心胸開朗，此刻卻只有感受陌生與焦躁，彷彿空氣都被燒盡而稀薄，沒想到這裡比老先生獨居的房間更悶鬱，使人接近窒息般難以忍受。

「阿樂，從大城市回家後的你，真的喜歡這個地方嗎？」老先生又問了我一次同樣的問題。此刻，我的腦袋裡盤旋著許多答案，卻可能只是假象，用來一種寬慰別人與欺騙自己的說法。

我慢步走往河川，看著波浪來去。

那瞬間，我沒有辦法明確回答而佇立著，原來，我想望這座城市的翻修、進化、蛻變、改造，卻是帶給老先生對環境大不如前的落寞。就像我明白了老先生告訴我的道理，男子告訴我的理由，可是面對自己的父子關係時，我依然遲疑不決而害怕碰觸內心。

直到道別，我都沒有告訴老先生我今日稍早完成的尋人任務。

十

C廳的《他不笨，他是我爸爸》也播完了，走出來的幾位觀眾手上都拿著面紙，我看著電影海報的介紹寫著「一部關於愛、親子關係和家庭牽絆的故事」，果然是部賺人熱淚的親情片。我臨時起意，老先生若是稍晚再沒有來電影院，我就去安養院把他載去台北找兒子好了，畢竟我明天一早就要從軍當大頭兵，沒有別的機會。

這時，我的手機響起，沒看過的號碼。接通，男子在沒有寒暄就直接切入正題，說是剛才回了新竹老家一趟，從鄰居口中得知父親在安養院，見到了他，比想像中還要順利，然後等等要先去墓園探望母親，再帶父親去台北旅行幾天（如果中途不吵架的話，他開玩笑的說），原本他答應要明天要去火車站送你入伍一程，要跟你說抱歉了。

我還可以聽見老先生用微弱聲音在旁邊解釋，「他每次都陪我跑步，結果我放他鴿子，你一定要幫我跟阿樂說，真的很不好意思！」

「沒關係啦，有朋友明天會送我到火車站。」我笑著回答說。最後，男子跟我說若是不想當兵可以去驗一下扁平足，他就是這樣躲過兵役的。可惜，扁平足的人跑跳、行走能力因足部結構受損的影響，足部、小腿都比一般人更容易疲勞，較不適宜參加運動，尤其是長跑。看來，我還是老先生的最佳跑友。

掛上手機，我躺在機房的涼蓆上，聆聽放映機滾動的聲音由大而小，這三個月來累積的經驗告訴我，這一部電影已經放映到幕後工作人員介紹，快要結束了。

「只要你願意相信，這件事就有可能發生」，晚上入睡前的我不停默念、反思老先生的這句至理名言，我也開始納悶、反省，是不是太過謹慎保守，情緒過於纖細敏感，對於父親的那通電話才會採取這樣的態度，因為我懷疑自己與父親心中或許都存在著一種得意忘形的優越感，隱隱約約膨脹著，然後形成一種力量，把親情的完整無缺擠壓成破碎不堪。

這天晚上，我睡得很熟很甜。

清晨積雲出現，路燈熄滅了，先是吹起陣陣涼風，隨後灰黑的雲層更靠近，搭乘八點的入伍專車之前，我打算獨自慢跑一回，站在家門口穿鞋時，天空已經下起了細綿的小雨，深呼吸了一口氣，我的身體似乎已經懷念起這座城市的氣味。我邊跑邊閉上了眼睛。

母親拜託叔叔載我們到新竹火車站，放下我們之後，他說是先去電影院準備工作就離開了。這二年來我與他的互動還是保持在「君子之交淡如水」。

「還記得嗎？你以前最怕搭火車回外婆家了，經過隧道時就閉上眼睛，然後偷哭。」母親在月台上取笑我說。原來面對必經的隧道，逃避、閃躲或置之不理是不成熟的下下策，而我早就體驗過。

「老媽，妳以後幫我注意一下，如果老先生來電影院，記得照顧他一下，冷氣不要開太強。」我說。

「這不用你提醒啦，叔叔比你更在意好不好！」她說，「在你還沒來上班之前，老先生就是電影院常客了，以往都是由叔叔陪他去跑步，他們是忘年之交呢！」

頓時，我彷彿受到不可告人的刺激，啞口無言、無以名狀，母親形容的這位叔叔竟然跟我想像中不同，他並不冷漠，不黑暗，或許他更不應該像我的父親同樣變成一條漫長、幽閉、漆黑的隧道，無止盡的開展、延伸在我生命之中。

火車鳴笛，我要搭的入伍專車到站了，一道熟悉的語氣叫了我的名字。

「阿樂，陳金鋒上了美國職棒大聯盟，你有看到新聞嗎？洛杉磯道奇隊，超厲害的啦！」阿壯姍姍來遲，人未到聲音就傳了過來。他跟部隊請假來送我一程，前幾天還說有認識的學弟在新訓單位擔任教育班長絕對會罩我，要我不要太擔心。

入伍前夕，我的這場電影院奇遇，坦然結束。

買醉

一

秋風拂面，雖然身處城市，但感覺像是從森林深處吹來的涼風，自然而歡快。我在中正台等了一個多鐘頭，不見阿壯的身影，在清大夜市買好的東山鴨頭、鹽酥雞、炸雞排及滷味都已經冷掉，至於腳邊的珍珠奶茶和兩打啤酒也不夠冰了。

我與阿壯約在下班後的晚上七點眷村的中正台碰面，要處理母親過戶土地、房屋給我的後續事宜。

中正台的風貌隨著時代更迭，然而，硬體設備卻是停滯不前，仍是由一大塊水泥構築而成，只添加了斑駁，改變的是老人家從三五成群到三三兩兩，桌椅、沙發也因此變少了，他們從步行抵達改由外籍看護推著輪椅，話也變少了，多半就是點頭示意，然後被帶到樹下乘涼度過白晝，直到黃昏再被推送返家。

我不免懷念起童年的放學時光，最常來這裡坐看老兵下棋、泡茶、談天，記得有位光頭的老先生下棋的動作有夠誇張，激動時就把放在一旁的茶杯都打翻，還有位嘴上都是鬍鬚的阿伯，總是愛摟著我的肩膀高談闊論他的戰術。最有趣的是，我見過滿嘴鬍鬚的阿伯大喊將軍時，整頭光的老先生輸得懊惱竟然想抓起頭髮來。

我總是笑呵呵觀望著，偶爾撫摸窩在棋桌下的幾隻貓咪，覺得無聊了，就去眷村裡按阿壯家的電鈴邀他出來玩耍。只是，從前手上的飲料是大杯思樂冰，現在則是換成了啤酒。

最近喝酒的次數很頻繁，其實我也不太愛喝，就是充當酒錢的分母，但是他習慣下班後總要幾杯黃湯下肚，這個方式，不免讓我覺得阿壯是他父親的翻版，如出一轍。我們經常約在他家的庭院，然後把電視從客廳搬出來，一邊看職棒球賽轉播，一邊借酒澆愁、憤世嫉俗，偶爾遇到美國人聯盟的洋基隊投手王建民先發，挑燈夜戰也要支持國球。只是我偶爾不太理解阿壯看球的邏輯，有時洋基隊落敗他開心，有時贏球他卻悶悶不樂。

兩年多前阿壯申請志願役退伍，開始到科學園區的公司擔任保全，我差不多比他早一個月也當完大頭兵，然後在台北待了將近一年卻找不到喜歡的工作、滿意的薪水，最後為了節省住宿費，回到新竹應徵上婚紗攝影助理的工作，地點就在以前打工的二輪電影院旁邊，性質也算是與自己的專長相關，起初入行拿不到相機，先學著打光、修圖，搬器材以及逗弄拍攝婚紗的準新人，好讓他們面對陌生的環境及鏡頭還可以勉強笑得出來，並且展現象徵永結同心的肢體動作。

我必須強調一下取悅準新人的工作吃力不討好，除了刻意喉嚨破音、動作滑稽，拿他們的互動開玩笑更是要格外小心。有一次在南寮漁港附近仿地中海風情的城堡拍攝，我開玩笑對男方說，「怎麼眼神這麼迷濛，難道是前一晚喝太多酒？」語畢，女方河東獅吼。

「他就是愛喝酒，所有婚宴的事情都是我在負責，還跟朋友去有傳播妹的KTV，你說他是不是很差勁！」女生對我抱怨。男方表情則是一臉尷尬。

「結婚了心情很緊張，一定是朋友把他帶壞的啦！」我試圖充當和事佬，並且自以為幽默再對男方說，「你是去哪一家唱歌，傳播妹正嗎？」

瞬間，女方哭花了臉，新娘秘書在一旁陰涼處休息也趕了過來補妝，驚慌追問怎麼回事。男方默不作聲，脫下西裝離開事發現場，當天的拍攝就此終結。

根據接洽的業務表示，後來的這對怨偶不只取消了婚紗拍攝，最後更沒有步入禮堂，但這結果應該跟我那天的表現沒有太大的關係。入這行工作後才明白，我以為自己經歷的愛情是場災難電影，直到看見每一對即將結婚的新人來拍攝婚紗照，才知道過去種種只能算是預告片。

關於我的愛情世界，掐指一算，竟然有七年沒有交女朋友了。好險沒有與母親同住，不然肯定會被她逼婚。三年多前，我去當兵之後，電影院就一直找不到稱職的人手，雖然我覺得是叔叔給的薪水太少而導致，但總之他們轉換跑道，叔叔在宜蘭郊區物色了幾塊農地，蓋了幾間透天厝作為民宿，雪山隧道開通之後，宜蘭成了台北人周休二日的渡假勝地，他們把所有積蓄都砸下去投資，估計五年內就可以回本。如今，僅剩我一個人還住在忠貞新村附近的老家。

覺得孤單寂寞的時刻，好險我還有阿壯。

二

把喝酒視作交際應酬的必要儀式，這個典故源自於阿壯說要大肆慶祝我攝影助理的工作通過試用期。他約在公道五路的熱炒店，標榜純正眷村菜色，老闆他很熟，甚至不用費心思點菜，招牌料理就接二連三端了上來。第一道就是阿壯最推薦的椒鹽肥腸，當椒鹽搭上外酥內軟的肥腸，上面再點綴著四季豆及蔥段，越吃越香，又配飯又下酒。

阿壯勾著我的肩膀說，「等等我的朋友就會來了，人多才開心！」我很餓，沒有多做反應，只是急著把免洗筷從塑膠套中抽出來。

阿壯的幾位朋友姍姍來遲，直到桌上又擺滿了鐵板牛柳、蒜泥白肉及宮保雞丁，他們才就坐，然後開啟了一瓶又一瓶的啤酒，說是現在找工作很不容易，恭喜我在新竹落腳，一起為這個城市打拚奮鬥，一起來喝一杯。

我夾起幾片蒜泥白肉，果然這家店網路上很推薦，不只是肥嫩適中、刀工也細，甚至薄厚都一致，再沾上由醬油、辣油、醋及蒜泥調配而成的佐料，大口咀嚼，讓人食慾大振。只是，幾道菜下來，我吃不出來所謂眷村的滋味。

來不及細嚼慢嚥，我的酒杯又被阿壯裝滿了，他說提到現在的保全公司就有氣，遲到幾分鐘就要扣錢，甚至郵差送掛號來還要他簽收，薪水又低，幹得比狗還累。

「我家那隻小黑每天在家吹冷氣可舒服呢！誰說狗過得很累，牠才笑你傻子！」阿壯的朋友說，然後吆喝向他家那隻小黑致敬，大家又把酒杯裝滿然後灌入口中。我已經完全忘記剛剛吃下去食物的味道了，桌上擺滿的一瓶瓶的啤酒也比一盤盤的熱炒還要多了。

我逐漸有了醉意，恍惚中覺得阿壯的朋友中有幾位似曾相識，應該是他的高中同學沒錯，每次打電動、買飲料都要阿壯買單的狐群狗黨，沒想到他們友誼也維持了這麼久，讓人難以理解。

我慢慢感受到，入伍、成年、出社會之後的他，跟我以前所認識的阿壯有著明顯的差異，我沒有去深究，只是覺得每個人的成長背景、生活歷練大不相同，何苦干涉；直到後來，我才發現那是一種距離，距離中還帶著隔閡，只是我們依靠過去的記憶在維持彼此的友情，其實很不牢靠，也讓人惋惜。

「敬我們這群哥兒們認識十五年了，難能可貴。」阿壯對他們舉杯高聲說。這下我就確認自己的記憶無誤了，果然是狐群狗黨再現。老闆端了蔥爆牛肉以及三杯雞上桌，不過我已經沒什麼胃口了，肚子已經被啤酒填滿了。

這場無酒不歡的聚會才正要開始，阿壯走去櫃台那邊拿了寄放的烈酒，他說第一杯就要敬我，因為我們是二十多年的好兄弟，有福同享、有難同當。衝著阿壯的義氣、理解及肯定，我吞下了這杯斟滿的烈酒，口感沒有我預期來得差，但是喉嚨一陣灼熱感，必須張嘴換氣。

「你們也要敬阿樂一杯，以後大家有事情，都要互相關照。喝了這杯酒，就是自家人，就是兄弟。」阿壯說，接著他再次用烈酒倒滿我的杯子，然後把酒瓶遞給他的朋友。

那杯子我握在手上，冰涼卻帶有寒意，我猶豫不敢喝。我喜歡這個城市，在這裡我有十足的自信，騎車不會迷路、哪家餐廳好吃、夜景何處好看，我都一清二楚，也過得十分自在，我在自己堅守的範圍之內小心翼翼，建築了一座密不透風的圍牆，然而，阿壯端上的這杯烈酒，卻讓我產生猜疑與困惑，不安全感浮現心頭。

直到阿壯也察覺我的異狀，眼神顯露無奈，這時候，為了顧全大局，我把偏見、恐懼的情緒，連同那杯烈酒，以最快的速度吞嚥喝下。就在我正準備要對大家說些什麼的時候，早已經沒有人面朝向我，阿壯與他的朋友（我的自家人？）繼續敬酒乾杯，像是我已經不在現場一樣，或是化為酒精揮發。

也好，我就像是透明的氣體飄出了熱炒店，然後獨自走在公道五路上漫步解酒。

這條用來舒緩光復路擁擠車流的公道五路，幾年之間，不只帶來車潮，人流也匯集於此，特別是夜晚的熱鬧、繁華及喧騰，除了幾家熱炒店，這條馬路上營業的多半也是與餐飲有關，燒肉店、居酒屋、薑母鴨及羊肉爐等等，櫛次鱗比，經過每一家都不免飄來酒味，讓我的嘔吐感一直隱隱作祟，很不舒服。

我轉往光復路，這條曾經最常散步的路線，國中念的學校就在科學園區附近，只要出家門沒看見一號路線的公車，我就會直接步行上學，所謂的課業壓力就是身體的負擔，右肩背的書包永遠像是放了啞鈴一樣沉重，裝載厚實的課本、參考書及講義等等，遇到星期六就更辛苦了，還必須多挾帶漫畫偷渡校園。至於左手就比較輕鬆，只要拎著淺綠色的不織布提袋，裡面是鐵灰色的便當盒，運氣好的時候會多顆蘋果或一罐蜜豆奶。只是，通常我的左手是空的，沒有水果沒有便當沒有提袋，母親就是給我一筆錢要我自己想辦法解決。錢總能解決任何事的，不是嗎？

那天喝醉的我沒有再回熱炒店，直到隔天清晨被打太極拳的老先生叫了起來，我才知道大事不妙，自己竟然躺在中正台上就睡著了，宿醉全身無力，我甚至趕不及去青草湖婚紗外拍，於是，這個月的全勤獎金破功，還被扣了薪水，更慘的是，阿壯傳來簡訊說，餐費他們出就好，酒錢要麻煩我，總共是兩千五百元，零頭他已經自行吸收了。

三

熱炒店喝掛的隔幾天，我義正辭嚴告訴阿壯以後不想去熱炒店喝酒了，在家小酌就好，買點滷味、燒烤或炸物搭配就很有情調，他同意了，說有要緊事跟我說，那天我離開之後錯過很多精彩的話題，晚上下班後就來聊聊吧。

他如常準備了飲料，但是，我打開冰箱裡面全是啤酒，形形色色的品牌、瓶瓶罐罐的種類，我在想，阿壯究竟是不是已經成癮了，喝酒是為了逃避生活，或者，他喝酒是懷念父親的一種方式，像是幾年前我認識的老先生，跑步對照喝酒，方式不同但意義一樣。

「我的那群哥兒們有些畢業了就在裝潢公司當學徒，他們缺一筆錢想創業，我要拿退伍金投資，阿樂你有沒有興趣？」阿壯說話前總會先幫我把酒杯斟滿，熟稔像是反射動作。

「別開玩笑了，你看我身上像是擠得出錢來嗎？叫我月光族還差不多！」我很快給了他答案。「你也知道，相機就是我的女朋友，我的積蓄都為愛奉獻了。」

「好吧，以後生意做大你要入股，可別喊著吃虧！」阿壯說，「保全的工作我也辭掉了，今天上班竟然被投訴有酒味，到底是憑什麼前一天晚上不能喝酒，我也沒遜到宿醉，擺明是看我不爽。」

豪爽的阿壯只用了一口氣就灌完一瓶啤酒，還順勢捏扁了鋁罐，並且準確地擲入斜角的垃圾桶。能夠徒手把鋁罐按照資源回收的標準步驟處理，也是因為從軍之後的阿壯無論在體型、力道及姿態上，都與未成年的他迥異，如今他的身材壯碩、挺拔，充滿線條，過去笑起來彷彿彌勒佛的模樣不復存在，現在一付魔鬼終結者的態勢，不過正值而立之年的他，臉部卻略顯老態，不知是因為當兵歷經風霜，還是身體酒精濃度過高使然。

我心裡盤算著，今晚可不能再醉倒了，否則剛錄取的婚攝助理這份工作八成不保。

「其實你不只可以投資裝潢，重新再學木工也很不錯，我覺得以前的你在這方面出類拔萃。」我夾起了瓷盤上的豆乾，這算是今天晚餐的第一口。而放置瓷盤的實木櫥櫃，如果我的印象無誤，就是阿壯高中的代表作品。

「這個年紀還當學徒不是被別人笑死，哥們兒說我人脈廣、口才好，負責開發客源就好，你有案子記得介紹過來讓我服務。」他又敬了我一杯。

「你喝多了，醒個酒吧，我載你出門兜風！」我伸手進去口袋中抓出了鑰匙圈，那個阿壯十多年前的工藝課作品，即使增添陳年風霜，但還是很有質感，裡面的女歌手照片我依然不定期更新，如今換成蔡依林，支持同是輔大校友的她。

「哇，這鑰匙圈你他媽的還留著，太不可思議了啦！你是覺得虧欠我嗎？」阿壯大笑，聲音宏亮。喝到一個程度的他就會開始把髒話當作發語詞，接著，他開始抱怨人生的曲折，包括父親的威權教養、母親的因病早逝、軍旅的單調無趣，以及妹妹的無情無義，千篇一律，我已經聽得有點厭煩。

阿壯妹妹，同時是我的初戀，如今人在台北的一家民營電視台擔任記者，耳聞八卦雜誌報導，她為了坐上主播台而不擇手段當上製作人的情婦。對此，我半信半疑，總之，我們斷了音訊，阿壯說她也沒有再回來這個家，從美國念完碩士就到台北定居，她的近況也是從學長（我痛恨的前男友）的口中得知。

「好在有你這個朋友，不枉此生！」阿壯坐在椅子上高喊，他兩隻粗壯黝黑的手抓住桌子，猛地站起來，朝著廚房走去，我聽見木櫃打開的摩擦聲響，然後傳出他的聲音，說是今晚不醉不歸，接著，他舉著金門高粱酒：「這是我老爸唯一留給我的好東西。」

我騎車載著阿壯，像是十多年前的每一天放學，如今，交通工具從自行車進階到摩托車，省力很多，而他手上的西米露，竟然釀成了高粱酒。

四

無論經過多久，那日秋天的氣息、酒味及談話，我始終牢牢記得，只要喝起了高粱酒，往事歷歷在目。

高一的我們就曾經猛灌高粱喝醉過。剛開學的第一次段考結束，學校提早在兩點放學，校園人潮散盡，我空腹倒在司令台角落陰涼處發呆，幻想著母親已經返家在廚房張羅晚餐，然後等會傳訊息要我趕快回家，並且在門口深深擁抱或者親吻臉頰。就在我肚子咕嚕咕嚕叫的時候，叩機聲叮叮噹噹直的響了。

沒有出乎意料，是阿壯要我回撥電話，他知道我段考提早下課了。我說，來學校載我吧，等到晚上才補習的空檔也太久了，還是翹課比較划算。

我們在市區買好了西米露，阿壯敏捷地踏著自行車，靠著建築物的陰影前進，他嘴上哼著歌，愉悅的心情感染了我。然而，他不知為何刻意閃避人群，拐進科園社區的外環道路，並且放慢速度，讓我們看起來就是神神祕祕、鬼鬼祟祟的樣子。

「我們要去哪呀？」阿壯東張西望載著我，讓我跟著左顧右盼。

「學校有教官住這附近，翹課被他發現我就慘了，而且我還穿著制服，絕對要提高警覺。」他將握住腳踏車龍頭的左手放開，使勁拍了我的大腿，然後瞥過頭說。

我說：「阿壯你也太緊張了啦！擔心什麼啦，難道是心神不寧流冷汗！」站在後輪火箭筒的我抓著他的肩膀，仔細一瞧，阿壯的汗水已經透過制服沾濕了我的雙手。

「最好是載你不會累啦，你怎麼變得那麼重。」我不胖，是我書包裡的課本、講義太沉。

「你怎麼會常來這邊！」我問阿壯。

「旁邊是科學園區，這裡是龍山社區，前面圍牆內就是靜心湖公園，不要覺得入口雜草叢生，裡面的環境可是柳暗花明。」阿壯解釋說。「我們的勢力範圍不能只在忠貞新村一帶，要懂得擴張地盤好不好。」當時香港漫畫、電影盛行古惑仔系列，阿壯耳濡目染，講話口氣故意模仿劇中人物。

「喔，還真隱密耶！」儘管離公園還有一個路口，不過行道樹已經遮蔽整條馬路，穿過樹葉細縫灑落的陽光像燦爛的勳章別在胸前。

不知為何，那時的我情緒感到興奮雀躍，往前輕推著阿壯，然後雙腳使力向後蹬起，藉著反作用力跳下火箭筒，我的腳步持續奔馳，像只待飛的風箏即將投入天空的懷抱。他緩慢騎到公園的圍牆旁邊，將自行車直接靠在兩棵行道樹間中，然後搖了搖車身確定安穩。

「這裡地面很潮濕，你小心別跌倒，安全最重要。」我踏著泥土上細滑的青苔和羊齒科植物，聽見阿壯大聲喊叫提醒，甫回頭，看見他打開書包，取出玻璃瓶裝的高粱酒拎著走了過來。

我們以瓶就口，像是喝開水一樣灌著高粱酒，肆無忌憚，抱怨著這世界上所接觸到的一切，一切都充滿著缺憾、歧視。我才體悟到，烈酒喝得太快不會有微醺的過程，不到片刻，躺在濕滑的草地上的我，四肢無力，而漸漸微弱的光似乎是被溫和的風搖晃著，空氣彷彿林間成群飛行的鳥兒一般流動，穿梭灌木叢與細竹林，遠方的草坡起伏，好像巨大的青蔥麵包，在夕照下準時出爐。

「我失戀了，被隔壁班的女生拒絕了，虧我還送她一大束玫瑰花，竟然直接被丟到垃圾桶！她就住這附近，我偶爾會跟蹤她回家。」阿壯醉醺醺地說，而我已經神智不清，「謝謝你陪我喝酒。酒後吐真言，能這樣跟你聊天真好。」也是因為那次喝烈酒太醉，阿壯趁人之危，恍惚中我竟然答應他接下來的情書代筆計畫。

時光飛逝，距離上次來到靜心湖公園已經快十五年了，這個晚上，換我騎車載阿壯兜風，依舊帶著一瓶高粱酒，舊地重遊。

這回我沒有喝了，我靜靜地聽著阿壯的酒後吐真言。「你知道嗎？當兵十多年來我被整最慘的一次，就是新訓後下部隊當菜鳥被欺負，排長莫名其妙看我不爽，連集合時叫我全力衝刺去追一隻土狗，但是我一跑，狗就受到驚嚇跟著飛奔，誰追得到？」他怒氣沖沖的指著遠方的野狗說。

「最後呢，有捕獲嗎？」我右手充當枕頭躺了下來。

「整整跑了三個鐘頭，大家都在看笑話，你說是不是很混蛋，而且我那天累到午飯吃完還全吐出來，超痛苦的。」阿壯再灌了口高粱酒，動作自然。

「這樣說來，好險我入伍前有你打點，不然我們營區的狗也很多，追不完呀！」我大笑。或許是役期不長，軍旅歲月對我來說不算太痛苦，入伍前幾個月養成長跑習慣，太陽下的五百障礙、三千公尺等等訓練，我的體力上都負荷得了，至於部隊中的陰暗面，我也善於察言觀色、沉默是金，只要謹守本分不逾矩，通常不會惹禍上身。

「高粱酒還有嗎？我突然也想喝一口。」我說，但阿壯沒有回應，他已經靠在大石塊上進入夢鄉，酒瓶也空了。

一開始我在想，是要把阿壯叫醒載他回家，還是等他小睡片刻起來，幾分鐘後，瞧他已經熟睡，我突發奇想，乾脆今晚就在這裡過夜吧，反正前陣子我連中正台的水泥地板都躺過了。

最初，我以為躺在這片溼溼滑滑的草地上不可能會睡得著，但是幾分鐘之後，我竟然開始失去意識，漂浮在蟲鳴鳥叫的竊竊私語之中，伴隨著阿壯的打呼聲，那是柔和且富有節奏的，徜徉在深不可測的夜幕下，那一刻，我像是與繁星低語、對話。忽然之間，睡在我旁邊的阿壯伸出了手，輕巧巧放在我的肩膀上，那動作深深觸動了我。

我漸漸墜入夢鄉，直到阿壯隔天清晨把我叫醒，最後，還是他把滴酒未沾的我載回家。

五

夜宿靜心湖公園之後的幾個月，阿壯都沒有找我喝酒。不過，換我主動找他了，我在婚紗公司的助理工作順利升職，終於可以掌鏡拍攝了，想找阿壯慶祝一下。中午我撥了電話給阿壯，告訴他這個好消息，做兄弟的果然周到，說他負責打點就好，晚上會來載我。

迎接我的是一台跑車，不見阿壯，司機確認我的身分之後沿途沒有再說任何一句話。直到抵達經國路上的一棟大樓，我才看見阿壯在轉角處揮手向我打招呼。

坐上電梯，我們穿過一個裝滿彩色燈泡的門，踏上一條大理石鋪設的走廊，進入一間滿是煙味、酒氣的包廂內，音樂吵雜，房間是正方形，擺放著幾張玻璃長桌及廉價沙發，鋪上灰色地毯，有個高起的亮紅小舞台，金黃色的鐘型燈飾高掛在天花板，旋轉投射出晃動的環狀光芒，裡面已經有幾位看似陪酒的小姐，胭脂氣味瀰漫，服務生跟在我們的後面端了餐點、水果進來了，還奉上玻璃壺裝滿了熱茶。

「阿樂久仰大名，這次我來好好自我介紹，我是阿壯的合夥人，也是他以前軍中的學長，叫我阿威就好了，聽阿壯說你是他的患難之交，我一定要先敬你一杯。」阿威舉起了已經斟滿的酒杯，琥珀色的，應該是威士忌，當他站起來一飲而盡，在場的幾位賓客紛紛鼓掌叫好，背景似乎大有來頭。說不出來，感覺他有點眼熟。年紀稍長我幾歲的阿威，肌肉結實、挺拔姿態，他比周圍的幾位朋友都來得高，姿態展現惹人注目的機伶自信，除此之外，他一身華麗的穿著，咖啡色亮皮鞋、成套的西裝打扮，十分引人注目。

為了不破壞氣氛，我配合他爽快乾杯。

「你的老家附近以後要都市更新，無論是房子要過戶、轉賣，我們都可以幫忙喔！」阿威對著我繼續說話，但是我有點摸不著頭緒。

阿壯發現我的困惑，輕聲與我解釋說：「之前不是跟你說我投資裝潢嗎？後來發現這行要跟房屋仲介合作才賺錢，先買下舊屋，再隨便整理一下轉賣，利潤超高的啦！阿威就是一家房仲的店長，門路超廣，跟著他絕對吃香喝辣。」

包廂內的聲音太大，我想把話問清楚，所以拉著阿壯走到了外頭。

「這些人感覺就不是正派，光來這裡交際應酬就知道他們不太正常吧！」我關上門注意沒有旁人經過便開始怒罵，只是，卻沒有察覺阿壯的臉色有異。

「你這什麼意思？說清楚？」阿壯的口氣一沉，像是警告。

「我說，這群人是狐群狗黨，像是你以前的高中同學，沒一個好東西。」我斥責，像是部隊裡長官教訓下屬一樣。

「你誰呀，又不是我老爸，我投資花自己的錢，阿樂你管這麼多幹嘛？你就是見不得別人好。」阿壯加大音量，似乎要讓周圍的人都聽到他的不爽。

或許是隔音不好，裡面的人聽到外面的爭吵，開了門探視，也順手把我們拉了進去。無可奈何的我只好選擇坐在角落，儘管悶悶不樂，我卻眼觀四面、耳聽八方，仔細偵查這群人士的來歷。

眼前的這群酒客有說有笑，白領的有房仲、代書、銀行行員，藍領的有木工裝潢、水電業者。還有一群看起來像是混混的自成一派，他們臉上全帶著憤怒、壓抑的表情，話不多，或者根本無聲，他們每喝下一口酒，就發出各種氣音、呻吟聲，讓人看了不免膽顫心驚。

正中央的玻璃桌上放了一大桶調酒，越晚酒精濃度越高，大家不斷往裡面加入伏特加、白蘭地、威士忌等等烈酒，或者隨便什麼他們手頭有的酒，只是我認不出款式品牌。

我瞧著阿壯奮力的與他們敬酒，他仰起頭，一而再把難喝的酒倒進肚子裡。阿壯的面容是使勁苦撐的樣子，感覺他實在受不了，竟然身旁的人還鼓勵他，我希望他承認他不行，但是我沒有動手阻止，沒想到他又深呼吸，一鼓作氣又把另一杯喝完，換來全場的拍手叫好；緊接著，阿威把剛才阿壯喝完的空酒杯丟在一旁，站起來吆喝，並且拿起麥克風大聲唱起走音的歌曲，拉起酒店的小姐跳舞，坐在沙發上的每個人都站了起來隨著旋律擺動、歡呼叫好。

我想在場的所有人都喝醉了，但是我沒有，清醒之外，意外的飢餓感突然浮現。

不知在何時，服務生端上一道菜脯蛋，有著酥脆金黃的外皮，我用筷子將它一分為二，把一半直接夾入自己的碗裡，閃躲過醉態百出的人群，回到角落細細果腹。我吃著，享受這扎實的內在，奇妙的是，無論是味道、口感都彷彿是阿壯母親的手藝重現，我吃過好多次她下廚做的菜脯蛋，就是這樣平平淡淡、簡簡單單的滋味。

我急著把這個感動分享給阿壯，於是夾起了剩餘的一半硬塞到他的口中。我告訴他，你一吃就知道我想跟你說什麼。

「你在幹嘛啦！現在吃什麼菜脯蛋！」阿壯立刻吐了出來，但是這個反應，卻引發他的喝酒過量的不適，他衝進包廂裡的廁所關上門，儘管音樂震耳，還是可以隱約聽見他的嘔吐聲。沒多久，阿壯走出了廁所，他邁著老練酒鬼的步伐左搖右晃，全身軟趴趴穿過桌子之間。

「你還好嗎？」我打算攙扶阿壯，他的眼睛布滿血絲，嘴角還掛著黏濁的汁液，氣色慘不忍睹。我意會到自己讓他出糗了。

「先別說這個，還有件事要跟威哥說清楚，談完了你想走我也不留你。」我聽得出阿壯的語氣很不耐煩。

「跟他有什麼好說的？」我問。

「上次我們約在熱炒店喝酒，你不給面子一聲不響就走，後來威哥來了，還陪我到處去找你。」阿壯說得振振有辭，我聽得模模糊糊。「你醉倒在路邊，還是我們把你扶到中正台，後來是你主動提到你老媽要把房子過戶，還說這事情就麻煩威哥了。」

我啞口無言，難怪我覺得阿威似曾相似。不過，我也沒有打算妥協：「所以呢，我不想在這邊談，也不想跟他談可以嗎？答應過戶的事，你幫我處理就好，不用再麻煩他了。」

「隨便你，你就是不把我說的話當一回事，我是想幫你，多認識這些人脈，對你攝影工作也會有幫助，你也知道忠貞新村要改建，趕快幫你把房子過戶，你若是轉手就可以大賺一筆。狗咬呂洞賓，我今天真他媽的被狗咬了。」阿壯推著我走到包廂門口，替我打開了大門，他伸長了右手，向我指引離去的方向。

或許，他們並沒有惡意，但是我向來無法忍受投機取巧、結黨營私的價值觀，甚至他們就像是惡劣的政治人物，眼前即使沒有河流，也會保證要為你建橋鋪路。面對哄笑的場面，我還可以置之不理，但是真的要有交集、談合作，我會憎恨、瞧不起自己，更別說要加入這個集團，我厭惡他們的氣息，哪怕他們並沒有針對我。

我覺得繼續待在這裡很可恥，像是身上長出骯髒的東西，未來還會一直跟著我，躲也躲不掉。我像上次一樣離開熱炒店，不告而別，然而，這次我清醒得很，沒有再喝醉了。

六

事過境遷，再加上念及舊情，與阿壯在酒店不歡而散的兩個月過後，我撥了電話給他，表示土地及房屋的過戶資料都已經準備妥善，找個時間碰面處理。

那個晚上，我們依然是約在中正台，阿壯很準時。

「最近好嗎？」我說。我們之間似乎沒有這樣疏離過，竟然要用嘘寒問暖作為見面的起始式。

「過得去，就是忙公司的事，只是，跑業務還是要看別人臉色，沒有想像的容易……至於這個過戶，你真的確定嗎？還是阿樂你找其他人幫忙處理……」他面有難色、欲言又止。那個時候，我應該要想起來阿壯倔強、堅忍的性格，是連我要資助他母親喪葬費都拒絕，這次談話的異常，其實是有蛛絲馬跡可查的，只怪我沒有試探、追問。

「什麼時候可以辦好？我還是要回報一下老媽。」我問。

「很快，那個陳代書你也見過，交給他準沒問題！」阿壯的表情瞬間恢復正常，他對我淺淺地笑了笑說。「投資的事，你有興趣還是可以跟我說，下次碰面我送你一瓶進口酒，要價近萬元，是我們公司專門用來招待大客戶的喔！」

「知道你公司忙碌很多應酬，可能的話，還是少喝點酒吧。」我再三斟酌之後還是對他耳提面命，語畢，周圍空氣彷彿寒流經過，瞬間凍結。

就這樣，把過戶資料交給他的那天歷程極為簡短，簡短到如同我接觸的是一個公家機關的窗口，制式而不帶情感，不像是手足情深的好朋友、稱兄道弟的哥兒們，更不像是我認識多年的那個阿壯。

再過了一個月，我與阿壯約在下班後的晚上七點中正台碰面，確認母親過戶土地及房屋給我的後續事宜。

秋天的風迎面吹來，落葉遍地，我在中正台等了兩個多鐘頭，還是不見阿壯的身影，我吃掉在清大夜市買好的東山鴨頭、鹽酥雞、炸雞排及滷味，腳邊的珍珠奶茶早就一飲而盡。

中正台附近的幾個眷村已經慢慢折遷完畢，方格狀的土地架滿了廣告布條，布條上則寫著「維也納」、「大溪地」及「佛羅倫斯」等等各式建案名稱，這類用國外地名當作建案宣傳或社區名稱的概念，總讓我匪夷所思，沿用從前的金城、忠貞，似乎還比較貼切、順口。

我把已經退冰的啤酒打開一瓶來喝，氣泡汩汩流出，才品嘗了一口，電話響起，我以為阿壯可以編出值得我原諒他遲到的理由，但是我猜錯了。

「請問是阿樂嗎？阿壯說你下班很晚，請我現在去跟你拿鑰匙。」一位男子說，語氣溫和。

「鑰匙圈嗎？阿壯以前給我的鑰匙圈嗎？」我不太明白。

「不不不，是阿壯沒說清楚，還是你忘記這回事？」男子繼續解釋，「阿壯把位在清大附近的一間房子賣給我，過戶時他鑰匙忘記帶，他說還要找人清潔環境、打掃乾淨再交屋，所以請我隔兩天撥這支電話。」

電話中我向男子詢問來龍去脈，得知的結果讓人出乎意料，阿壯把我要過戶的房子變賣，而且用非常低的現金價讓對方取得，最後，他捲款潛逃了。第一時間，我想到這場騙局的背後肯定有藏鏡人，他慫恿阿壯狼狽為奸，不顧昔日交情竟然把我出賣了。我掛上對方電話，騎車就往阿威的房仲公司興師問罪。

「你來得正好，阿壯不見了對吧！」阿威搶先開口。

「什麼意思？你也在找他嗎？」我疑惑，皺著眉頭。

「他把我們一群人合夥的公司資金都提領光了，我們也在想辦法聯絡阿壯。」他說。放眼望去，辦公室內其他人的表情皆是愁雲慘霧，似乎都被阿壯的行徑所牽連。

「他有這麼缺錢嗎？」

「八成是球賽簽賭，應該是輸慘了，被討債給逼急了才出此下策。」阿威猜測說。

他的語氣低沉，明顯帶著懊惱，聽得出來他無計可施，我也不打算追問。

「好吧，我們分頭尋找阿壯，有任何消息保持聯絡。」因為自己的便宜行事、魯莽輕率及過於信任而滿身怒氣，原以為我來到這裡可以找個理由發洩，沒料到還被火上加油，只能悻悻然離開。

此刻，我的電話又響了，號碼顯示是母親來電。

我抹去額頭上的汗珠，心想，東窗事發也太快了吧，莫非她突然回新竹老家被新屋主給堵到；抑或她尚不知情，只是打來閒聊，我要告訴她房子被變賣的慘案嗎？

萬分慶幸，我的心臟劇烈跳動的能耐通過了手機鈴聲的測驗，母親的來電結束，深呼吸的我正暗自慶幸暫時逃過一劫，說時遲那時快，奪命鈴聲又再次響起，這回是叔叔的來電顯示。

窮寇莫追，我此時完全理解這句成語的背後意涵。

七

經過了母親的第七次未接來電，我才棄守，按下通話鈕，鼓起勇氣面對現實。

「家裡的事我都知道，阿壯撥了公用電話給我，他說過意不去，但是賭債欠得太多，只能出此下策，他說以後有錢，就會附帶利息全數歸還。」母親的話語沒有停歇，但是反應是出奇地冷靜，她知道，在我手足無措的時刻，她必須展現無與倫比的堅強、勇氣。

「那是你跟爸爸的起家厝，家就要沒有了，我該怎麼辦？」焦急、惶恐的我，問著沒有辦法即刻得到答案的提問。

「阿樂你專心聽我說，這事情沒有人會怪你，不要想太多，能用錢解決的事情都是小事。」她說。「我會想辦法，你不要擔心，需要我回去新竹陪你嗎？」

我遲疑了一會兒，拉了拉溼透的衣服，發現背部流了好多汗，因為緊張，反射動作將左手放進口袋尋找鑰匙圈。那瞬間，不知為何，我內在的傷悲隨著口袋裡的鑰匙圈、電話那端母親的聲音而慢慢被撫平，儘管憤怒的理智之心拒絕對談，但是感性的心能夠體會諒解，我意會到，我在生命中剛愎自用、獨善其身的態度，所造成的一個個黑暗、髒汙的坑洞，其實是被阿壯母親給填滿的，我在漫無邊際的都會叢林中渴望獲得認同，則是阿壯妹妹陪伴我找到方向，甚至在逃避升學壓力的那些年、那些最孤單無助的時刻，更是阿壯患難與共，一起盼望在最乾燥的沙漠中等待天降甘霖。

忽然之間，我不憎恨阿壯了，這些人生際遇串聯、碰撞在一起，絕非只是偶然或巧合，我相當肯定。也許我對他依然不能諒解，但我明白，我不恨這個朋友，甚至依然感謝。

「謝謝媽媽，不用特地趕回來，我想自己先靜一靜。」我按捺住自己的情緒回答她。擔心此時貿然回家會被新屋主找到，所以我騎車回到中正台，提著剩下的啤酒，決定今晚或許就在阿壯家過夜。我邊走邊思索自己未來要在哪裡定居，是否就要離開這座城市。

前方是抵達老王牛肉麵店的必經小路，巷弄旁的紅磚牆上青苔稀稀疏疏，我跟阿壯曾經在此進行過無數場奔跑打鬧的競賽，玩耍時，他看見地上有狗大便的時候還會故意推我一把，風乾的狗屎踏到還好，又濕又熱的一坨如果不小心失足踩下，現在的我也沒有臉在中正台這一帶討生活了。像是跳方格的遊戲一樣，我們步步驚魂躲過狗屎地雷，看誰搶先抵達麵店門口，然後在招待客人的工業用電風扇前卡位吹風；有一回，我偷偷集結桌上的免洗筷給阿壯，要他顛覆老師說過團結力量大的勵志故事，他二話不說，握緊竹筷的兩端使勁彎曲，為了激勵阿壯，我不停鼓掌，如同看到電視裡美國魔術師大衛考柏菲先生表演水中掙脫術成功時驚喜若狂……

我的夢醒了。十幾罐啤酒已經被我身體吸收，擅自拿了一瓶阿壯珍藏的烈酒也見底，換來的是我的頭痛欲裂，我只好拚命回想到底發生了什麼事了。像是童年國小放學一樣的結局，平常此時的我應該在客廳休息，冰箱有喝不完的汽水果汁，冷凍庫有吃不完的甜筒冰棒，為什麼現在這樣狼狽有家歸不得。

「啪！」

我走到後院，看著地上的血跡斑斑，昨晚的翻牆功夫似乎不是太靈巧，難怪連做夢有拍手的劇情都會疼。

天光漸明，盞盞街燈也隨之熄滅，地上閃爍的則是我的手機，看來昨晚我的技巧真的不如以往，手機掉在外頭都沒注意到，或者，是我喝醉了有跟誰通過電話。我對自己的醉態實在沒有把握。

我查看手機，把錯過新屋主的電話一筆勾銷刪除，剩下的是一個似曾相識的號碼，還有一則簡訊，是母親發送的。

「新竹老家的問題解決了，買家得知過戶的窗口大有問題，商量之後，他同意用當時的出價賣回。你也知道，我與你叔叔手頭上沒有多餘的現金調度，情急之下，我聯繫你的爸爸，近年來他在中國的生意發展得不錯，這筆支出他表示負擔得起，如果他有撥電話給你，你再決定如何表達心意。」

陽光灑入庭院，我眨了眨眼睛，有一股灼熱感，剎那間，我差點哭了出來，只好握緊了拳頭再咬緊牙關，把突如其來的難過、羞恥忍住。我緩步走到前院，推出大門，一陣噁心感湧現直逼喉頭，我張開嘴、彎下腰，昨夜吃的食物順勢從口中傾瀉而下。

嘔吐到胃都空了，神智也鎮靜之後，我走回家，躺在自己的房間床上，輕輕地閉上眼睛等待，等待手機出現父親的來電顯示，我不免懷念起過往的親密、冷淡及疏遠，以及想像未來的諒解、復合。直到我再度墜入夢鄉。

重修舊好

一

「籌畫這個展覽很久了，從大學時期拿起相機的我，時至今日，已經紀錄這座城市超過十個年頭，同時，這也是我生平的第一次個展，很榮幸能在家鄉舉辦，並且感謝文化中心提供的場地，希望大家來到現場參觀，相信透過這些照片及文字，更加認識新竹的前世今生。」面對地方記者的麥克風及攝影機，我正經八百闡述這次策展的理念及想法。

雖然有記者願意採訪，不過，為期三周的展覽，卻是拖到展期的倒數第二天才來報導，而且原本是跟我約明天採訪，那看到新聞的人不就只能緬懷了，唉，台灣媒體對於藝文的尊重真是差強人意。

「那天我要出國旅行，不好意思。」前幾天記者的約訪電話，我是這樣回答的。等到明天中午，我要跟女朋友前往澳洲布里斯本，她有朋友在那裡打工度假，邀了她去感受南半球的異國風情。我們安排了一周的行程，計畫要泛舟、潛水、高空跳傘以及與無尾熊合照。

以新竹作為背景題材，經年累月，我拍下了成千上萬張的照片，記錄這城市的風起雲湧，其中也包括人物照，特別是在戲院打工而認識的老先生一家人的生活，他慢跑輕盈的姿態、他與妻子的合影、水田中他帶著兒孫體驗插秧等等，不只展出影像，關於他們背後的故事，我也在展覽中以文字陳述，我始終認為，他們三代的共同經歷，就是台灣社會的縮影。如今，應該算是第四代了。老先生原本答應要來觀覽卻再度放鴿子，就是因為他的曾孫在美國出生，他買了機票迫不及待就出發，根本忘記答應過我的事情。

年高八旬的他，已經搬到台北與兒子同住，原本在九甲埔擁有的那片土地，高鐵及台鐵相繼擴建時被徵收，雖然老先生嘗試拿過白布條抗爭，最後仍無計可施。

「這個城市僅有的綠地及農田，被有心人士操控著，他們總是不甘寂寞、大張旗鼓，宣告不久的將來捲土重來，卻是帶來一幢幢的建築物，讓人高不可攀。」路徑不變、人事全非，老先生搬離新竹前和我進行的最後一場慢跑時，他無奈的說，哲學口吻依舊。

「這裡美好且充滿熱情，儘管意外與橫禍的跡象隨處可見，我們卻知道唯有泥土、天空還有海洋是最重要的寶藏。這些事情相信你以後就會明白。」十年前的老先生如此描述過，而我，永遠牢記他當時的微笑。如今，每每整理及回顧城市的影像，就更能清楚感受到這片土地的居住正義被賤賣、犧牲，而且層出不窮。情感上的依依不捨敵不過經濟上的欣欣向榮，太多人選擇袖手旁觀。

為了凸顯這座城市的今昔之異，我也徵集了許多在地的老照片作為前後對照。內舉不避親，我一一檢視過母親所提供的底片，內容極為精彩，特別是早期眷村隨處可見的反共標語，在我開始記錄眷村時便消失殆盡，所以這批影像彌足珍貴；當然，那些影像其實全部出自於父親之手，以我的標準來看，他的技巧、構圖之好，如果不從商，他很可能是一個記者、攝影師或是紀錄片工作者。

這些日子，只要在展場看著他拍攝的照片，就能感覺到自己對於攝影的愛好，遺傳自他。

所有自己拍攝的照片中，我最滿意的是眷村組圖，場景多半在中正台、菜市場、紅磚牆，以及每一間比鄰而居的低矮小屋，人物則是街頭巷尾的往來互動、日常不過的生活樣貌；我始終相信這些彌足珍貴的影像紀錄，得以將湮滅的一切都找回來，喚起曾經的記憶，儘管它是如此淒涼、神祕卻又溫暖。

很幸運的是，這組照片被收藏家高價收購，不過說來慚愧，買家就是我的父親。

二

父親一早從中國搭機直航返台，便趕赴我在新竹文化中心的展覽會場。多年未見，他的短髮幾乎全都白了，削瘦的臉頰、皮膚充滿皺褶，長期在廠房忙碌奔波，被太陽曬成了小麥色。他的身材維持得很好，說是已經戒酒很多年了。

望著父親臉龐，他寬大的額頭、修長的鼻子，以及往上微翹的嘴唇，我心想，母親形容的一點也沒錯，直到我正視他，而自己也逐漸成熟、懂事，才能看出我們之間的神似，無論外表或行為。

簡短接受完記者的採訪，我帶著父親導覽，詳盡述說每一張的故事，在一開始，我無法集中精神，可能因為部分照片是他的攝影作品，可能是這些場景他比我生活得更久更親密，可能是我刻意欲塑造輕鬆的父子對話，種種自我糾結的干擾下，反而增添了彼此疏離感。就在我們之間，像是展覽中的作品前方貼上了「禁止進入」的限制貼紙，看似有形的線條，卻延伸著無形的隔離。

「阿忠冰店搬家了喔！真懷念淋在刨冰上頭的鳳梨糖水。」父親望著照片，對每一張都充滿好奇、疑問及懷念。

「以前眷村每次颱風天都很容易淹水，今昔對照之下，我看中正台真是一點都沒有進步，好像比從前更荒廢了。」他說。

小時候只要有颱風來臨，父親就會領著我到眷村幫忙，他負責檢查排水設施，還會請朋友協助修理受損的屋頂，讓我想起自己曾經多麼敬佩、仰仗他，父親會讓我穿上鮮黃色雨鞋和雨衣，我們一起徒手清掃排水溝，確保社區在颱風來襲時不致淹水。我想望父親全心投入工作時的認真，那熱情而傾力的付出，我曾經深刻感受，清理結束之後，他滿意的表情與辛勤工作後的微笑，也投射在我的目光。

「南寮漁港變得這麼美喔，還可以騎單車，風這麼大，你看照片裡面這人的臉被風吹得好好笑。」我好久沒有聽到父親的笑聲，不再喝酒的他，變得平易近人。

意想不到的是，每每介紹完一張照片，我覺得彼此的距離被拉近了。但是，對我而言，我很清楚那樣的家庭生活已經遠去，一去不復返。

「東門圓環旁的護城河竟然這麼清澈，太不可思議了！」他的驚呼聲連連，直到看見她的出現才安靜下來。

「她真的很美對吧！」他看著母親的樣貌出了神。那是我在她與叔叔的婚禮上所捕捉到的畫面，她的表情嬌羞，腰間繫了一大朵白色蝴蝶結，配上蓬鬆的黑髮，修長纖細的身材，無與倫比的美麗。

展覽中選入這張照片，母親並不知情，直到開幕當天她來到現場我才告知。

很想告訴父親，我見過母親最美的時刻不只是那場婚禮，還有她在整理、描述這些照片的時刻，細心、呵護、珍惜的模樣，像是少女打開她收藏祕密物品的百寶箱，小心翼翼。母親並不曉得，她談起每一張老照片時的動作及表情、眼神，甚至比故事本身還要精彩百萬倍。

「看看這張照片，你的眼睛都是還閃著淚光，是有多委屈啦！」母親笑著說，那是童年時我與國小校長的唯一合影。記得當天下午在學校與阿壯在生態池塘玩水惹禍被校長撞見，母親竟然邀請他到家裡喝茶聊天。

「這是你轉學到校的第一天，爸爸在你上台自我介紹時拍的照片。」她得意洋洋，我分不清是因為我的模樣可愛討喜，抑或是她想念起父親拿起相機的模樣。

在我多年前搞砸母親與叔叔婚禮的當天晚上，其實母親就把這批照片交給了我，她說，我的畢展快到了，知道我很辛苦很焦慮，她不知道能夠幫助我什麼，母親端出那方形的鐵盒子，說裡面都是父親以前的攝影作品，只剩下底片而已，不只有紀錄這個城市，還有我的從小到大。

對某些人來說，親情是避風港、是依歸、是能量，但是對我而言，親情是另一種東西，曾經每次面對親情，就有一股新的恐懼籠罩著我，那種新的恐懼大過憂慮，只要處理完瑣碎且複雜的親情任務，我整個人就會陷入疲乏的無力。

「你的爸爸真的很好，但是我們再也感覺不到幸福，所以選擇離開彼此，各自迎向未來。」母親把鐵盒子遞給我，認真看著我說，「媽媽很希望你能夠祝福我喔！」

當下，我凝視著這個鐵盒子，遲遲不敢下手打開，就又擺進自己的房間抽屜藏了起來，不見天日。直到我得知父親一肩扛下阿壯設下騙局所造成的債務，把新竹的土地及房子贖回來的清晨，我錯過他的來電，懊悔不已，卻靈機一動，終於決定返家打開塵封已久的鐵盒子。

透著燈光，我專心把底片瀏覽，那些咖啡色疊合而成的影像，直接且坦率披露了我與父母親的生活點滴，歷歷在目。

儘管他們的分開讓我體驗了難以承受的孤單，我的腦海中曾經無數次浮現出疑惑、憤怒與猜忌的負面情緒；然而，看著一捲又一捲的底片我逐漸明白，這是因為他們的個性、品味絕然不同，但是他們嘗試過磨合與相處，只因為滿懷對我的愛。

在那之後，我拿定主意要把鐵盒子的底片都沖洗出來，也化為這次展覽很重要的一部分。

「走吧，陪爸爸去吃個飯，老王牛肉麵中午有營業嗎？」父親離開展場前邀約了我。

「你不是下午的飛機要趕回上海？」我問。他沒有回答，揮手示意要我跟上他的腳步，猛回頭的他，不小心勾到了掛住相框的吊線，那瞬間，就像是回到國小轉學的第一天，他陪伴我來到教室，並且聆聽我的介紹。父親沒有變，選擇故意出洋相來化解尷尬，當時的他衣服纏住固定模範生照片的圖釘，光亮的黑皮鞋直接踏上掉落地面的照片中男同學的臉龐，換來班上大呼小叫的驚駭聲。

相框落地。這次父親則是踩到阿壯的照片，畫面是他在新竹棒球場外野搶到全壘球的興高采烈。

三

原本眷村的老王牛肉麵店搬家了，轉移陣地到了清大夜市，也傳承給第二代經營，我與阿壯從小當作玩具來折損的竹筷已不復見，材質也改成不銹鋼，安全又環保。

「味道如何？你覺得有不同嗎？」父親大口吃麵、喝湯之餘，還試著讓這場飯局不至於冷場。

我望著高掛在牆面的液晶電視說：「這個最近當紅的主播就是阿壯妹妹，你認得出來嗎？」正巧是瑪莉播報午間新聞，從記者晉升成獨當一面的主播，她成功了。前幾年與她傳出醜聞的製作人則是離婚，順理成章，現在的他們已經同居，維持一種耐人尋味的關係，倒是聽說她照料對方的老邁雙親無微不至，這個舉動就像我所認識的她沒錯。不過，這些消息來源都是依靠八卦周刊的報導，儘管阿壯盜賣我家的事件發生多年，我依然沒有與瑪莉再有任何聯絡。

「有喔，我在中國透過網路也看得到她的小道消息。」父親回應。

「忍受著狗仔幾乎二十四小時全年無休的跟蹤，究竟是什麼感覺？」一邊吃麵一邊思考這個問題的我，盯著電視脫口而出。

他說：「我想很痛苦吧！就像是被討債集團緊迫盯人一樣，我有經驗，不過我是欠錢沒還，對家人內疚又對自己失望。」不知道是肚子太餓還是行程太趕，父親的碗已經見底，並且下了結論：「話說回來，我倒是想不透她欠了這個社會什麼？」

突然問，主播的語氣急轉直下，讓我與父親一同抬頭注意到下面這則新聞，只見瑪莉抽噎的吐出一個個字，再三斟酌，表情非常痛苦。我只能專心看著螢幕下方的標題及跑馬燈，因為根本聽不清楚瑪莉播報的內容，她泣不成聲。

「男子陳屍台南山區，疑似負債輕生。」

看著打上馬賽克的影像畫面，隨著記者現場連線的時間增長，警方描述的線索越來越多，我逐漸猜得出來，那個讓瑪莉在主播台上情緒失控的罪魁禍首是何方神聖，是她的哥哥，是我曾經的摯友阿壯。

「這，你打算怎麼辦呢？」父親走去結帳，回來後很冷靜的詢問我。

「我也沒有頭緒。」剛回答完，我的手機鈴聲響起，看著新聞台正進廣告，我認為是瑪莉打來的。豈知，是警察的來電。

警察表示，從死者身上的手機找到我的聯絡方式，並且有一封留給我的遺書，如果方便，希望可以南下一趟，阿壯的遺體會送往台南殯儀館，到那裡碰面即可。

「事不宜遲，你趕快下去一趟吧！這次不去見最後一面，或許你會後悔。」父親說，然後他拿出一疊鈔票塞給我，用幾個牽強的理由要我收下。「我馬上要回上海，這些錢短期也用不到，南下的高鐵車票我贊助，到了那裡你還要轉搭計程車呢！」

「這也太多了吧！」

「不要想太多，能用錢解決的事情都是小事。」他安撫我的字句與母親如出一轍。語畢，他推開了店門，與我一起在外頭等候計程車。

我站在父親後面一步的距離，想到這幾個鐘頭的短暫相處，好像比過往的所有相處總和還要密集、具體。

冥冥之中，命運似乎早晚會讓我們和某些人分開、相遇，一個接著一個，回憶起來，無論是擦肩而過、照顧陪伴，或者患難與共的親人及朋友，使我從他們的生命中，察覺對方的理性正直、嫉惡如仇、投機取巧、酗酒成癮以及滿腔熱血，透過這些歷程，得以讓自己或者不讓自己成為那樣的形狀。

然而，我無法鄙視發自內心同情的人，更無法逃避自己由衷喜愛的對象，父親、母親以及阿壯……影響我最深的他們，同樣使我感到迷惘與明澈。

「還有，剩下的錢給你當作出國生活費贊助，祝你們旅途愉快。」父親又再增加了一個塞錢的理由。「對了，要一起搭車到高鐵站嗎？」

「不用，我還要先回展場拿個東西。」我說。

他順手招了計程車，上車之前，我拉住父親的肩膀，他似乎受到驚嚇而回頭。

「爸爸，謝謝你，回到上海發封信件給我。」我小聲地說。好久沒有這樣親口喊他，我有點不習慣。

父親靦腆笑著，關上了車門。行色匆匆，他又要重返大城市繼續過著生活，而我，新竹人也要繼續過著小日子，但是能夠與父親再等過一回紅綠燈、吃上一碗牛肉麵、看著一則電視新聞，我覺得彌足珍貴。我感受到，在這段父子關係中，我不應該繼續冷漠、放棄付出，如此只會讓我的想法、舉止都越來越嚴苛及吝嗇，就像是對待這座城市，我必須正視它的有好有壞，不該置身事外。

四

我先撥了通電話給女朋友，告知她今天我必須南下一趟，簡單說明原委。回到展場收拾好背包，我趕緊搭了計程車到新竹高鐵站。

沿途正好經過老先生家的舊址，我的耳邊似乎還聽得見因為慢跑而發出的腳步與喘息聲。望著車窗外曾經一片片長滿金黃稻穗的農地變成一座座矗立高樓大廈的工地，如同在電腦上刪除物件，取代檔案要比移至資源回收桶，來得徹底，更是一勞永逸。此情此景，不禁讓人感嘆滄海桑田。我佩服老先生的未卜先知。

跨過縣市交界，遠遠的就可以瞧見新竹高鐵站，它的橢圓形設計相當醒目，概念擷取於客家傳統建築，玻璃帷幕則是呈現科技感，很符合這座城市的意象，我心想，還是需要搭上這班列車的我，這樣算來，似乎也間接成為加害者，加害那些被迫遷離家園的人。

搭上往南的高鐵，我才有心情思考阿壯選擇自殺可能的前因後果。

五年前阿壯利用我對他的信任，將母親要過戶給我的房子轉手賤賣，取得現金以後逃之夭夭，自此兩年，我再也打探不到他的消息，彷彿人間蒸發；近來的這三年，我離開婚紗攝影的工作，轉換跑道擔任了旅遊記者，每次在不同國家出境、入境，持續不輟，我忙得不可開交，大多時間，我沒有心思去關心阿壯的下落，又加上談了一場真正的戀愛（對象不再是相機），有了不同的生活重心，這件事情就被拋到腦後，雲淡風輕。

此刻，我不免想起跟阿壯最後見面的那一晚，他面有難色、欲言又止，他是如此的緊張、焦慮，那個時候，身為摯友的我忽略了阿壯倔強、堅忍的性格，他的異常，其實是有跡可循，只怪我錯失了機會。

俗語說得好，不打不相識，我與阿壯之所以認識，就是為了爭奪中正台最舒適的那張沙發，那也是觀賞老伯伯下棋的最佳位置；當時我們是幼稚的、敵對的，阿壯比我高大很多，他痛毆我的肚子，狠狠把我打倒在地，儘管是坐在水泥地上，我還是一直瞪著他，但是我不服輸，我一直爬起來，不斷回擊，直到阿壯覺得不好意思而崩潰哭了起來。最後，他主動把我攙扶起來，從此之後我們結為摯友，中正台，也成為我們固定集合的基地。

那是我們打的第一場架，也是最後一場。後來的我們締結同盟、情比金堅，可以說是打遍眷村無敵手。

曾經，只要我覺得無聊，第一時間不是我想到阿壯，就是阿壯先想到我可能會無聊。

五味雜陳的回憶紛紛流過，這些往事再次劃過我已碎裂的心。

高鐵極有效率，按照車票上的時間沒有一點誤差抵達台南，我乘坐計程車直奔位在國民路上的殯儀館。

我先來到管理處，詢問如何聯絡警員，沒想到他已經在此等候並喝茶聊天。我詢問阿壯的消息，他確認我身分之後，就把一封信轉交給我，警員不帶著情感的描述，阿壯是燒炭自殺的，初步研判是債務因素，靈堂應該也架設好了，一起過去上柱香吧。

似乎午間新聞一播畢，阿壯的遺體就立刻被送到這裡，沒有怠慢。不過，靈堂前還沒有擺放阿壯的相片供人瞻仰，我打開背包，拿出他的照片提供給葬儀社的人。

「這照片的風格合適嗎？」葬儀社的人面有難色。

「你放心，他生前最喜歡的運動就是棒球了，這張也是他最滿意的個人照。」我說。那張照片正巧有著父親今日的足跡，我想阿壯是可以接受這個玩笑的，欠了這麼大一筆錢，遺照上有債主的腳印應該不為過。

遺照放置妥當之後，我虔心誠意為阿壯上了香。

五

「可以去冰櫃再看一下他嗎？」我問葬儀社的人員。他點了點頭，走出靈堂，我跟上他的腳步。途中，我詢問了喪葬的相關費用，並且一次付清。

殯儀館的同仁將阿壯拉出冰櫃，讓我見他最後一面。

我站在阿壯冰冷的遺體旁邊，他凹陷的臉頰上有了明顯的皺紋，或許是這段日子過得艱苦所造成。我依然愛他的率真和強韌，並且同情他的崎嶇人生。我沒有落淚，只是想不透，為何他會選擇這一步，墜入無法挽救的深谷。

再走回靈堂的時候，警員和葬儀社的人員講著話，我聚精會神聆聽，眼神卻是木然。

走出殯儀館的我來到大街上，滿頭是汗、襯衫也濕透，陽光下瞇著眼睛，原來南台灣的秋天這麼悶熱。警車在我旁邊停了下來，警員探出頭說，忘了提醒我，信中若有相關疑點都請盡快跟他聯絡。我收下他的名片，點頭表示答應。

目送警車離去，凝視著偌大的十字路口，我迫使自己提起精神，回到現實步調的節奏，腦袋不要再去想像阿壯躺在長長冰櫃的模樣。

在計程車往台南高鐵站的路途中，我讀起阿壯留給我的信。

阿樂，

為了幫忙我追女朋友，你替我代筆寫過好多封情書，雖然這些信最後都由我轉交給別人，但是每一封送出去之前，我絕對仔仔細細讀過很多遍，你的文字充滿詩意與情感，總是使我佩服。

這是我第一次寫信給你，也是最後一次。

王建民又重返大聯盟，陳金鋒卻受傷了，無論是現場或轉播，真懷念與你看球賽的日子，還記得高中時期好不容易把你拉回棒球的世界，沒想到後來的我自己卻迷失。

要跟你說句對不起，我必須失約了，積欠的債務我無力償還，投機的我妄想從職棒簽賭中大撈一筆，沒想到欠錢就像是滾雪球一樣，拿出再大的手套也接不住。

父親過世，一好球；母親過世，兩好球；負債累累的此刻，我的人生被三振出局。

偶爾去網咖看新聞，知道這幾年的你環遊世界中，並且發表很多照片及文章，把你當作最好的朋友，為你感到驕傲，做著自己喜歡的工作，肯定是最快樂的事情。當然，也希望你長久以來的願望可以盡快達成，在新竹辦一場攝影個展，讓大家看見你為這個城市的付出。

關於我的後事，如果可以協助，期盼跟父母親放在一起。謝謝。

阿壯　二〇一一・九

對阿壯來說，失敗比坦承還要難受，長大的他反而承繼了我小時候的性格，過於頻繁、習慣否認心中的感覺，不願意聽取別人建議，太過依賴自己的直覺，而且久久不敢承認，也因此獨處時，等到脆弱、孤單及無助爆發開來，感受到的不光是憂傷，而是心碎，認為被整個社會所放棄了，並且偏激的選擇死路。

阿壯選擇的單程票比我的父親還絕情，不留餘地。

他曾經茁壯像是一棵大樹，卻突然崩潰倒下了，如今，我唯一能夠做到的，就是之後按照他的遺書，把阿壯帶回孕育、滋養他的家鄉，新竹。

「好了，我要搭車回去了。麻煩妳下班之後到中止台跟我碰面。」我在台南高鐵站再撥了通電話給女朋友。

「你還好嗎？還是我去新竹高鐵站接你？」聽到我的語氣低沉，她擔心問道。

「沒事啦，見面再說，我會先從高鐵站慢跑回家。」我想起老先生分享過他開始慢跑的緣由。

無助、難過、失望卻找不到方式發洩，實在壓抑不住痛苦的情緒，引領我養成慢跑習慣的老先生說過，就要沿著馬路使勁跑、拚命跑。我效法他閉上眼睛、邁起步伐，就能夠回到與阿壯一起在眷村遊戲的時光，在前往老王牛肉麵店的路上追逐，那是一條窄到只能單人通行的小徑，兩側的紅磚牆上青苔稀稀疏疏，我們飛也似地奔跑競賽。

漆黑之中，我的思緒才逐漸穩定下來。

六

運動完、洗好澡，我換了衣服離開家，正是傍晚的魔幻時刻，我從清大夜市沿著紅磚牆走到眷村，望著蒼穹一片鮮紅，我坐在中正台上，孤寂的廣場上隱約迴盪著哀傷，有關阿壯的回憶退去又襲來，像是在心海上的洶湧潮浪，無止盡的衝擊，但是在這悲傷浪頭的泡沫之上，瀰漫著他無可救藥的喜感、如沐春風的親切，以及跟我們家客廳那尊彌勒佛簡直一模一樣的燦爛笑容。

我非常高興曾經日日夜夜有阿壯作伴。

沒有多久，接下來日日夜夜要與我作伴的小育騎著機車來了，她二話不說，先是給我一個大大的擁抱，緩緩鬆開我的身體之後，她一個箭步也跨上了中正台，坐靠在我的旁邊。

「你要告訴我關於阿壯的故事了嗎？」小育說。

二〇〇七年一月二十八日是我們初識的日子。四年多前，五月天的演唱會難得來到新竹體育場舉辦，當時都是單身的我們買了票，在幾萬人中巧遇，一起排隊進場，一起聊著何時成了歌迷，一起隨著音樂哼唱，一起不知不覺產生好感，一起配合那次的演唱會主題「為愛而生」。

她的出現，正好發生在阿壯消失於我生命中的時光。按照阿壯與我的交情，我應該會常常跟小育提及這位摯友，但是我總是刻意忽略，甚至她看著展覽現場阿壯的照片詢問他是誰了，我依然拐彎抹角，不斷隱藏他的來歷。或許是他的離開把我某部分的記憶全部掏空，因此導致後來的我對於阿壯絕口不提。

「好，我騎車載妳去公園走走，路上就跟妳說。」我答應她。

接過小育手上的鑰匙圈，我開口對她說了第一個關於阿壯的故事：「這個我們共用的機車鑰匙圈，就是他在高中工藝課時親手製作送我的。」如今，木框裡的照片不再是我喜歡的女藝人，小育不定期會換上她的個人照。

漸暗的天光呈現檸檬汁的顏色，我發動機車，載著小育，穿過狹窄的拆遷中的眷村道路，蜿蜒駛入通亮的光復路的燈海中。

我對小育說，阿壯小時候的模樣與展覽那張照片差很多，他以前圓滾滾的，手指跟黃色的甜不辣很像，眼睛因為臉部的肥肉過多所以像是一條細線。他的頭可能常被蚊子叮到很癢，所以什麼都撞喔，枕頭、書本、馬桶、浴缸甚至磚牆都定時按三餐還有宵夜撞，來者不拒，撞久了孱弱的身子變得健壯，他的父親看見孩子撞得開開心心，所以小名取其同音異字，壯。

那瞬間，我不免想到曾經載著阿壯，或是他載著我的無數個日子，青春的我們沒有恐懼、沒有憂愁，只有年少輕狂的興奮，我們當時自以為是很安全的速度，不停切換跑道、狂飆生命。

或許有人會說，永遠不可能再回到過往，所以無需悔恨、苛求，這的確很有道理，但是，此刻的我知道自己必須牢記，回頭重新想念阿壯，不管這歷程有多艱難、痛苦，我都不能停止這個念頭。

「旁邊是科學園區，這裡算是龍山社區，前面圍牆內就是靜心湖公園。」這次換我解釋這座公園的環境位置，我說，「未滿十八歲前在中正台喝酒會被罵，所以我跟阿壯轉移陣地來這裡買醉。」她小我五歲，將滿三十，目前專職在國小代課，努力擺脫流浪教師的身分中。小育的求學移動板塊正好與我相反，在台北出生的她，大學時期負笈新竹就讀教育大學，習慣了這座城市的步調，她便定居在南大路，由於她的生活範圍多在市區或清大一帶，她對於科學園區附近相當陌生。

「喔，還真隱密耶！」細滑的泥土依然長滿青苔和羊齒科植物，她踏在上頭興奮地說。

那一刻，我彷彿再次聽見阿壯的溫柔告誡，「這裡地面很潮濕，你小心別跌倒，安全最重要。」

七

我跟小育說起與阿壯在眷村的點點滴滴。我們在巷弄追貓、追影子直到天黑，我們潛入校園池塘玩水直到被校長約談，我們補習班翹課去打電動、撞球，我們在棒球場看比賽、跟別人幹架，我的留級是阿壯給的好建議，我吃過最美味的早餐還是他母親的愛心料理。

「我們在這裡還喝高粱酒到不省人事，有夠誇張的，只因為那天阿壯失戀。」以我的大腿做枕，小育輕鬆自在躺在草地上。

後來的阿壯簽下志願役入伍，我與他妹談了一場無疾而終的戀愛，阿壯退伍，當保全，與朋友合資公司，我們上酒店、吃熱炒，阿壯開始嗜酒、簽賭、欠債以及詐騙，最後竟然選擇消失，並且在異地輕生。

阿壯成年後的離經叛道、曲折離奇，望著夜空的滿天星斗的我娓娓道來。我把阿壯最後留下的信從口袋取出，開啟手機的燈光照明功能，讓小育得以在漆黑中閱讀。

「我現在唯一想知道的，是你會不會因此掉入泥沼，覺得自己是造成阿壯走向絕路的加害人。」小育看完信對折交還，然後眼睛緊盯著我，輕聲說出她的擔心。

「懂，我懂。」我重複說。

「我知道你很難過，但這是你接下來要面對的關卡。」她再次語重心長。阿壯不只是消失，我知道他是真的死了，離開這個世界，面對真相，通常無能為力，了解那真相所要付出的代價，就像是理解這個城巿的演變，有時劇烈到難以讓人消化、承受，然而，這些遭遇，不盡然會讓我們更喜愛這個世界，但卻也讓我不會由愛生恨，反而產生更多包容理解，小育要我理解的是，釐清那真相的唯一方式，就是分享曾經真切發生過的事情，才不會被懊悔所綁架、作繭自縛。

或許說出這份友誼的情節及虧欠，之於阿壯，我所刻意壓抑的情感也能漸漸釋放，那模糊卻強烈的昔日畫面，也能在與自己重修舊好以後清晰明澈。

「我懂。」

「但是阿樂請你放心，而且必須牢記，我會陪伴你。」小育的語氣平和，表情卻非常認真。

「嗯，我懂。」我呢喃道。

「別逞強，面對自己的傷口，你需要在手術台上解剖，而不是化妝台前掩飾。」

我回憶起高中的筆友小安曾經說過那句很有哲理的話，「升學，這股引力像是潮水沖刷著我們，湧起又再退去，我們唯一能做到的，就是學習站穩。」甚至，我還用類似的文句勉勵過阿壯的妹妹瑪莉。

「唯有自己學習如何站穩，才能扶住旁人，回到岸上，眺望更遠的風景，做出更好的選擇。」我在心頭重複了這段話來提醒自己。

原來，儘管度過了升學階段的考驗，潮水並不會終止循環，它依然沖擊、翻湧著我們的生命歷程，無法迴避，而這些感受、體驗及領悟，必須好好牢記、反省、改正，否則，大海不會袖手旁觀，當它看透你貪婪、偏差的行徑時，就會以勢不可擋的方式，淹沒你的人生，甚至把你的人生吞噬，不著痕跡。

小育突然站了起來，雙手朝上直直舉起，像是伸懶腰，然後深呼吸一大口氣。他低頭微笑看著還躺在草地上的我。

「妳站穩了嗎？」我抬頭說。

「什麼？」她來不及反應，被我的手抓住，我使勁一拉，小育又跌坐下來。

「你在幹嘛啦？」她沒有不耐，感覺到是我在戲弄她，反而笑著問我。

「沒事，想靠近一點告訴妳，謝謝妳的鼓勵。」我輕聲回應。

與父親的相處、接獲阿壯死訊、南北路途奔波以及向小育坦白過去，事件接二連三的發生，有預料也有意外，心情也不斷轉折，緊張、尷尬、驚訝、悲痛、茫然、憂傷及解脫……而我，像是手動的旋轉發條玩具終於停擺，此時此刻，這個角落好安靜，我突然筋疲力盡，再度躺在小育的大腿上睡覺，不得不承認自己的精神完全撐不住，我開始打瞌睡，但是隱約還可以聽到她的聲音。

「今晚你要跟以前一樣，在這裡睡到隔天嗎？」這是小育的聲音沒錯。

「我們把去澳洲的機票延期吧！」她繼續說著，「如果把旅行改成機車環島你覺得怎麼樣呢？」

這是夢裡的話，還是現實中我們的交談，我無法分辨了。

「我對你，還有這座城市的認識實在太少了，像是十七公里海岸線、十八尖山、十九公頃青青草原，小朋友最常寫在作文裡的三大新竹景點，反而我自己還沒去過。明後兩天先在新竹踏查，就這麼決定了。」她說。

「然後，我們走你最熟悉的台一線到新莊參觀你的母校輔大，晚上可以住新店，換你來我家作客。」我聽得出來，小育語氣中的堅持與期待，我只能附和（是在夢裡嗎）。

「接著，就從北宜公路往宜蘭拜訪阿樂你的母親及叔叔。這次一定要入住他們經營的民宿『重修舊好』，你可不能再阻撓我了。」

再後來，更多小育口述的行程內容睡熟的我完全沒有印象了，隔日清晨，我們在靜心湖公園的草地上醒來，接著回家簡單收拾行李環島旅行，騎著我那台歷史悠久的機車出發。

只是，沿途中我最苦惱的是，原本打算在澳洲高空跳傘在降落後下跪拿出戒指求婚的橋段不知道如何修改才好了。

附錄
從未改變的是，他溫柔卻充滿力道的文字

廖智賢，是我的大學學長（輔仁大學影像傳播學系），他曾經送過我一份無人可超越的珍貴大禮。

二〇〇五年四月十六日到二〇〇五年五月四日，總計十九天的日記，全手寫的鉛筆文字洋洋灑灑地塞滿了一本筆記本，還隨機黏貼上電影票根、火車車票、廟宇平安符及文章剪報等等，甚至還有他治療椎間盤突出的藥袋裡的最後一顆止痛藥。

學長把他的人生某段紀錄完整地送給了我。

這份禮物對當時的我來說太沉重，導致我只看了一遍就藏進書櫃的最底層，直到學長再次聯繫上我，與我分享他即將要出書的今天，我才又拿出來讀了一次。

在我們都還青春純粹的年紀時，有著一樣的夢想，都希望有天可以出版自己的作品，期待自己的紙本作品可以放在書店裡供人挑選、翻閱。

誰知道多年後的今天，實體書店本身的存在都已岌岌可危。

但從未改變的是，學長溫柔卻充滿力道的文字。

在我的印象中，學長善於觀察、剖析自己以及與這世界的互動連結，也總能完美地將這些彷彿唯獨自己才能理解的結論與情緒，化做簡單卻雋永的文字故事，輕巧地放進你的眼裡心底。

每個人的人生都是最好聽的故事，《重修舊好》積貯著學長的青春回憶，發展出一篇成熟厚實的小說，耐人尋味。

小說中有一段話是這麼描述：「升學，這股引力像是潮水沖刷著我們，湧起又再退去，我們唯一能做到的，就是學習站穩。」

學長在那本十九天的日記尾聲寫到：「害怕自己終其一生都無法實現出版夢，但他至少在自己二十二歲九個月又十一天的時候，親手寫完了這本作品，這也是種大功告成。」

事實上，人生不只有升學這股浪潮，在漫長的路途當中，我們總不停地在學習各式各樣站穩的技巧，而在追逐夢想的浪潮裡，我想學長已經找到乘風破浪的方法。

學長，恭喜你。

吳瑪麗（電台DJ）

著有《為青春出發：馬克瑪麗的歐遊點點點》

後記

等待重修舊好，相信是值得的

二〇〇四年，算是目前人生的重要轉折，當兵椎間盤突出因傷驗退，秋天從高雄國軍醫院手術後返家，那段休養生息的歲月，我除了大量閱讀，現學現賣，也開始著手創作小說。

第一篇小說完成之後，到底需要多久時間才能成書出版，我曾經時常焦慮地問著自己，但是也沒有答案。

當時的自己很不擅長等待。

在這之前，有段時間的閱讀型態是移轉的，大學四年，與就讀的科系相關，自己多半沉浸在電影世界，看書的時間減少了，但是也專研另一種說故事的方法。

巧合的是，在新竹養傷等待研究所復學的半年，我就在二輪電影院打工，身兼放映師及販售部員工，這些經歷也成為創作的靈感與材料。

明白有失就有得，我慢慢學習等待。

然而，這半年的思索與潛伏，也引導著我後來的創作主題，回望新竹，這個我生活多年的城市；至於它的個性，寫在這本小說之外，未來我還會持續分享自己的觀察，也許透過不同形式發表，這裡就不多談了。

新竹改變很多，但不變的是，它依然賦予我極大的力量，為了完成後記，我特地把妻小帶到老家住上一晚，晚餐也在附近熱鬧的清大夜市採買，舊夢重溫；入夜，她們睡在雙親的房間，而我回到兒時擁有的第一個私人空間，那是我升上國中，雙親為了給三個孩子各自獨立的房間，於是重整格局、重新裝潢的貼心安排。

〈口袋〉就是在新竹老家中完成的作品，這篇後記的草稿也是。

至於青春與創作交織的時光，不免懈怠，卻總有力量推動著我，從青春延續到成年；如果將這本小說的創作過程分成兩段，前半受到作家袁哲生的影響最大，而後半，則是導演楊力州。

袁哲生，是我創作歷程中最主要的啟蒙對象，是他讓我見識到雜誌編輯也可以寫出迷人小說，而迷人小說的主題可以如此多樣、多變與多彩。那時的我，甫得到幾個文學獎，偶爾私自與他的獲獎歷程比較，總盼望自己能盡早出書成為作家，或者擔任雜誌總編輯。

規劃時程按部就班看似正確，但對於創作本身卻是設限，作繭自縛。

等待這門學問沒這麼好修畢。

過了三十歲，忙碌工作與家庭，創作時間銳減，我又開始時常焦慮追問自己，這本小說還有辦法完成嗎？

二〇一三年，我來到聯合勸募協會擔任主編，因緣際會欣賞了楊力州執導的《被遺忘的時光》、《青春啦啦隊》，深刻感受他對台灣社會的用情、關注；於是，當我後來轉換職場跑道，來到一家民間企業負責辦理講座時，便主動邀請他分享生命歷程，幾次互動，我更發現楊導對於創作充滿熱情，他始終相信紀錄片可以改變世界，並且一步步往前邁進。

他對創作的態度讓我反省，讓我沒有藉口去忽略內心曾經的想望、塵封已經完成的小說篇章，以及埋葬存在腦海多年的故事脈絡。

逼迫自己執行的策略便是決定申請計畫，並且設定將零碎的短篇連貫成中篇故事，是我期待的突破。

很幸運的是，《重修舊好》拿到國藝會的小說創作補助，很緊張的是，小說沒寫完就要把款項繳回去；總算，計畫申請延期一年，我再請了育嬰假全心投入，總算在二〇一六年九月底，結案大限的前三天完稿。

二〇一八年農曆年後，我整理稿件寄到各出版社尋求發行的機會，初春，得到「秀威資訊」的回音；簽約之後，他們非常尊重作者，讓我參與前置作業，設計、排版都納入我的想法，時程上也配合我的需求，等待我的推薦序邀稿、等待我的後記……

感謝他們的青睞與等待，我明白，等待是很不容易的。

特別感謝的還有責任編輯鄭夏華、設計書封的洪愛珠、內頁插畫的黃筱涵，因為她們的協助，這本小說得以付梓，同時，我要向為這本書撰寫推薦序（語）的朋友致意，他們都在我創作人生中給予諸多指導與協助。

回首這些日子其實自己也沒少寫過，我靠文字營生，作品發表在不同類型的平台上，身分以採訪報導居多，再來是刊物編輯，還有網頁企畫的文案；小說創作的進度儘管緩慢，不過，我耐心等待，沒有放棄，更打算持續下去。

當然，最感謝的還是等待我最多的家人，怡婷，我的太太，等待我深夜創作告一段落進房才安心入睡，可樂與可頌，我的兩個女兒，等待我離開書桌便熱烈歡迎開始手舞足蹈。

感謝妳們的包容與等待，相信等待是值得的，我很有信心。

廖智賢

釀小說99　PG2120

重修舊好

作　　者	廖智賢
內頁插畫	黃筱涵
責任編輯	鄭夏華
圖文排版	周妤靜
封面原創	洪愛珠
封面設計	王嵩賀

出版策劃	釀出版
製作發行	秀威資訊科技股份有限公司 114 台北市內湖區瑞光路76巷65號1樓 電話：+886-2-2796-3638　傳真：+886-2-2796-1377 服務信箱：service@showwe.com.tw http://www.showwe.com.tw
郵政劃撥	19563868　戶名：秀威資訊科技股份有限公司
展售門市	國家書店【松江門市】 104 台北市中山區松江路209號1樓 電話：+886-2-2518-0207　傳真：+886-2-2518-0778
網路訂購	秀威網路書店：https://store.showwe.tw 國家網路書店：https://www.govbooks.com.tw
法律顧問	毛國樑　律師
總 經 銷	聯合發行股份有限公司 231新北市新店區寶橋路235巷6弄6號4F 電話：+886-2-2917-8022　傳真：+886-2-2915-6275

出版日期	2019年 1 月　BOD一版 2019年10月　BOD二刷
定　　價	290元

國家文化藝術基金會
National Culture and Arts Foundation
NCAF
本作品由財團法人國家文化藝術基金會贊助創作

Printed in Taiwan

國家圖書館出版品預行編目

重修舊好 / 廖智賢著. -- 一版. -- 臺北市：釀出版, 2019.1
面；　公分. -- (釀小說；99)
BOD版
ISBN 978-986-445-305-4(平裝)

857.63　　107021879

讀者回函卡

感謝您購買本書，為提升服務品質，請填妥以下資料，將讀者回函卡直接寄回或傳真本公司，收到您的寶貴意見後，我們會收藏記錄及檢討，謝謝！如您需要了解本公司最新出版書目、購書優惠或企劃活動，歡迎您上網查詢或下載相關資料：http:// www.showwe.com.tw

您購買的書名：________________________________

出生日期：________年________月________日

學歷：□高中（含）以下　□大專　□研究所（含）以上

職業：□製造業　□金融業　□資訊業　□軍警　□傳播業　□自由業
　　　□服務業　□公務員　□教職　□學生　□家管　□其它____

購書地點：□網路書店　□實體書店　□書展　□郵購　□贈閱　□其他

您從何得知本書的消息？

□網路書店　□實體書店　□網路搜尋　□電子報　□書訊　□雜誌
□傳播媒體　□親友推薦　□網站推薦　□部落格　□其他________

您對本書的評價：（請填代號　1.非常滿意　2.滿意　3.尚可　4.再改進）

封面設計____　版面編排____　內容____　文／譯筆____　價格____

讀完書後您覺得：

□很有收穫　□有收穫　□收穫不多　□沒收穫

對我們的建議：________________________________

____

____

____

請貼
郵票

11466
台北市內湖區瑞光路 76 巷 65 號 1 樓
秀威資訊科技股份有限公司　　　收
BOD 數位出版事業部

....

（請沿線對折寄回，謝謝！）

姓　　名：＿＿＿＿＿＿＿＿＿＿　年齡：＿＿＿＿　性別：□女　□男

郵遞區號：□□□□□

地　　址：＿＿＿＿＿＿＿＿＿＿＿＿＿＿＿＿＿＿＿＿＿＿＿＿＿

聯絡電話：(日)＿＿＿＿＿＿＿＿＿＿＿＿(夜)＿＿＿＿＿＿＿＿＿＿＿＿

E-mail：＿＿＿＿＿＿＿＿＿＿＿＿＿＿＿＿＿＿＿＿＿＿＿＿＿